光文社文庫

文庫書下ろし&オリジナル

落ちぬ椿

上絵師 律の似面絵帖

知野みさき

光 文 社

目次

第一章

落ちぬ椿

一

重い足取りで長屋へ戻って来た律《りつ》は、木戸を見上げて小さく溜息をついた。

木戸の上には真新しい名札に「上絵師《うわえし》　律」と書かれている。しかしこの名札を掲げてから、律は上絵師らしい仕事をまだしていない。

風呂敷包みを胸に木戸をくぐろうとした律の背後から、「りっちゃん」と幼馴染みの香《こう》の声がかかった。振り向くと香と、その後ろに香の兄である涼太《りょうた》の姿があった。

「今帰り？」

「うん」

仕事をもらいに外出していた律だったが、顔を見ただけで香は不首尾を察したようだ。

「ちょうどよかった。もしも留守だったら先生に言付けて帰るところだったわ」

律の手を取り、香は先に長屋の木戸をくぐった。

律が住むのは神田相生町《あいおいちょう》の裏長屋だが、涼太と香は表店《おもてだな》の葉茶屋・青陽堂《せいようどう》の兄妹《きょうだい》だ。

青陽堂は間口八間で、十間以上という大店《おおだな》の尺度よりはやや小さいが、その繁盛ぶりから神田界隈《かいわい》では大店として数えられている。

「せんせーい」

明るい香の呼び声に、閉め切った引き戸の奥から今井直之《いまいなおゆき》の声が応えた。

「お入り」

今井は律の隣人にして手習指南所《てならいしなんじょ》の師匠で、律たち三人は幼い頃、共に今井に師事していた。四十代半ばの今井は筆子《ふでこ》たちには「お師匠さん」として、長屋や近隣の住人たちには「先生」として慕われている。

神無月《かんなづき》に入って日中でもかなり冷え込むようになった。香が引き戸を開くと、今井は長火鉢の横の文机《ふづくえ》を部屋の隅に寄せながら微笑《ほほえ》んだ。

「今日はお香も一緒か」

「うるさいのが来たと思ってらっしゃるんでしょう？」

「私は思わないけどね」と、からかい口調で今井は涼太を見やった。

「……茶を淹《い》れましょう」

仏頂面《ぶっちょうづら》で、涼太は勝手知ったる土間の棚から茶筒《ちゃづつ》を手に取る。

八ツの鐘が鳴って半刻ほどが経っていた。

「熱くて美味《おい》しいのをお願いね、お兄ちゃん」

「うるさいな、お前は」

「だって今日は今年一番の寒さじゃないの。ほら、りっちゃんの手もこんなに冷たい」

涼太の嫌みを物ともせず、香は律の手に触れて火鉢にいざなう。

「寒かったね、お律」

短いが、今井の言葉には労《いたわ》りが溢《あふ》れている。

「ええ。歩いても歩いても温まらなくて」

「私、桐山《きりやま》の薄皮饅頭を買って来たのよ。あ、そうだ、慶《けい》ちゃんは？」

「慶太郎なら、ちょっと遣いに行ってもらったよ」

律の代わりに今井が応えた。

「じゃあ、後で慶ちゃんにあげてね」

「うん。ありがとう。慶太郎、喜ぶわ」

弟の慶太郎は律より一回り年下の九歳で、日本橋《にほんばし》の菓子屋・桐山の饅頭は慶太郎の大好物だ。香は律と同い年の二十一歳、涼太は一つ年上の二十二歳である。

律たちが話している間に、涼太は茶瓶と茶碗を載せた盆を傍らに置き、長火鉢にかけてあった鉄瓶から茶碗に湯を注ぐ。揃いの茶器は唐物《からもの》の染付《そめつけ》だが、どちらも一昔前の物よりやや大きめだ。茶碗は、律の手にはちょうどいい大きさなのだが、涼太の手の中だと随分小さく見える。

この二年ほどで涼太は今井の背をも追い越し、男らしさがぐんと増していた。五年前には律と変わらぬ上背《うわぜい》だったのに、今や五尺一寸の律より七寸は涼太の方が背が高い。

茶碗を通して湯の熱さを確かめ、涼太はそれぞれの茶碗の湯を今度は茶瓶に移す。

「お遣いって、慶ちゃん、どこまで行ったんですか？」

「上野だよ。不忍池《しのばずのいけ》の近くに住む友人に届け物を頼んだんだ」

涼太は茶瓶の蓋を閉めると一旦盆に置き、鉄瓶を持って立ち上がった。そっと土間に降りると水瓶から水を足し、再び戻って来て長火鉢の五徳《ごとく》の上にかける。

それから茶瓶を取り上げると、四つの茶碗に等しく茶を注いだ。

おととし嫁に行った香はともかく、律は少なくとも二日に一度はこうして今井と共に涼太の淹れる茶で一服している。

涼太の一連の所作は律には見慣れたものだが、背を正し、静かに、だが迷わぬ手つきで茶器を扱う涼太はもう既にいっぱしの「若旦那」で、律を時に誇らしく、時にひどく切なくさせる。

豊かな煎茶《せんちゃ》の香りが九尺二間《くしゃくにけん》の長屋に漂い始めた。

「先生、どうぞ」

「ありがとう、涼太」

香と律がそれぞれ茶碗を取り上げるのを見てから、涼太が最後の茶碗に手を伸ばした。

一口含むと、やっと気持ちが和らいだ。

かじかむ手に息を吹きかけながら、三刻も表を歩き回って帰って来た律だった。熱い茶が手元からゆっくりと、身も心もほぐしていく。

「熱くて美味しい。お茶だけはお兄ちゃんに敵《かな》わないわ」

香が言うと、涼太はじろりと香を見やる。

「お茶だけってなんだ。それにお前が達者なのは口だけだろう」

「何よ、褒《ほ》めてあげたのに。——美味しいよね、りっちゃん？」

「うん、美味しい」

にっこり笑う香につられて、律も口元を緩《ゆる》めた。

「大体、嫁いだ身でそうちょくちょく家に戻って来るな。伏野屋《ふしのや》に悪いじゃないか」

「尚介《しょうすけ》さんはいいって言ってくれてるもん。それにりっちゃんに会いに来ただけで、家に寄ったのはついでだもん」

香が嫁いだのは日本橋の更に南、銀座町にある伏野屋という薬種問屋で、夫の尚介は香を娶《めと》った二年前に店を継いでいる。

形ばかり口を尖らせてから律に向き直ると、香は饅頭の入った紙包みを開いた。

「お饅頭、食べよう」

「いただくわ」

「先生もお一つ」

「や、かたじけない」

「意地悪さんはほっといて、残りは慶ちゃんにあげよう」

「香ちゃん――」

「いいよ、お律。俺はいいから、慶太にやってくれ」

「えらそうに。りっちゃん、これは私からって慶ちゃんにちゃんと言ってよね」

つんとして香は言うが、本気で腹を立てている訳ではない。年子だからか物言いは容赦なくとも、兄弟仲は悪くなかった。むしろ、甘い物好きの慶太郎のために一芝居しているのではないかと疑うくらい、律は二人をよく知っている。

「ありがとう、香ちゃん」

律が言うと香は満足げに頷いて、残った二つの饅頭を包み直した。

二

律と慶太郎の父親・伊三郎《いさぶろう》が死したのは二月《ふたつき》前だ。

「泊りになるかもしれない」

そう言って出かけていった伊三郎の亡骸《なきがら》は、翌朝、江戸川の石切橋《いしきりばし》を少し東に過ぎたところで見つかった。

牛込《うしごめ》の友人を訪ねた帰りに、酔って川に落ちたのだろうということだった。

その日の午後、七ツ過ぎに伊三郎と会ったと、牛込に住む友人の達吉《たつきち》が申し出ていた。

達吉によると、その日、伊三郎はふらり現れて達吉を居酒屋へ誘った。しかし居酒屋では、それぞれ徳利に一本ずつ呑んだだけで、「もう行く」と、まだ呑み足りない達吉を置いて、伊三郎はさっさと出て行ったという。以前にも幾度か似たようなことがあったため、達吉は特に気にかけることなく、更に一本呑んでから家路についた。

知らぬ者には偏屈に思える伊三郎の行動だが、律を始め、伊三郎を知る者に不思議はなかった。

律の母親にして伊三郎の妻・美和《みわ》は、五年前に辻斬りに殺されている。

夫婦で王子権現《おうじごんげん》を訪ねた帰り道だった。

「せっかく王子まで来たのだから」と、美和は王子に住む叔母の家に行きたがったのだが、伊三郎はその叔母が苦手だった。美和だけを行かせて己《おのれ》は宿で待つことにしたものの、暮れの六ツを過ぎても美和が戻らない。

嫌々ながらも宿に提灯《ちょうちん》を借りて叔母の家に向かった伊三郎は、道中、美和が辻斬りに襲われているところへ出くわした。美和は一太刀《ひとたち》でこと切れ、伊三郎も襲われたが、通りかかった者たちが騒いだおかげで辻斬りは逃げて行った。

命こそ助かったが、伊三郎は初めの一太刀をかわした時に、右手を斬られていた。

伊三郎は上絵師だった。着物に花や鳥、紋様《もんよう》、家紋など、様々な絵を入れるのが上絵師の仕事だ。仕上げには細やかな筆使いが必須で、特に家紋はぶん回しを使っての繊細な作業である。利き手が使えぬというのは上絵師としては致命的であった。

傷自体は一月《ひとつき》ほどでふさがったものの、指先が以前ほど自由に動かず、伊三郎は荒れた。嗜《たしな》む程度だった酒量が増え、ふとしたことで声を荒らげるようになった。娘の律にこそ手は上げなかったが、慶太郎は何度か頰を張られ、土間まで吹っ飛んだこともある。律や今井が諫《いさ》めるとすぐに我に返るのだが、今度は己のしたことを恥じて沈み込む。苛立ちと気鬱《きうつ》を繰り返し、げっそり痩《や》せこけた父親を見るのが律にはつらかった。

父親の死を聞いた時、律はさほど驚かなかった。

この数年、いつかこんな日が来るのではないかとどこかで予感していた。

投げやりな父親がいつか——ほんの弾みで、あっさりこの世を去るのではないかと。

幼い頃から筆を持たされていた律は、それまでも父親の仕事を手伝うことがあった。大まかな色付けを律がして、細かな絵付けと仕上げを伊三郎がする、といった具合である。

事件ののち、二人は作業を入れ替えて仕事を続けた。全て「上絵師　伊三郎」の名のもとで、だ。今までの伊三郎の仕事ぶりがあってこそ新しい仕事をもらえるのであって、伊三郎の手が利かぬことを他者に知られてはならなかった。

律は四十九日の間にそれまで請け負った仕事を済ませ、伊三郎が生前に仕上げたと嘘をついて得意先に届けた。

伊三郎を贔屓《ひいき》にしてくれていた呉服屋はいくつもあった。律はそれぞれの得意先に出向き、今後は己が伊三郎の跡を継ぐと告げて回ったのだが、仕事の依頼はぱったり途絶えた。

紙と違って布に描く上絵は失敗が許されない。紙も貴重だが、布は紙の何十倍、物によっては何百倍と高価だ。伊三郎は花鳥風月《かちょうふうげつ》の絵柄から紋まで手広く描ける上絵師だったが、手描きの着物を求めるのは富裕層であり、紋絵は──特に武家の羽織は──体面にかかわる大仕事である。呉服屋としては、「手伝い」程度しかしてこなかった律のような小娘にはとても任せられたものではなかった。

真実を明かせば、同情し、使ってくれる得意先もあろう。だが律は、そうすることで父親の名を汚したくなかった。事件の前の伊三郎は、江戸職人の名に恥じぬ己の腕に誇りを持っていたし、律はそんな父親とその仕事ぶりを敬愛していた。

素人目には判らぬが、実際、律の仕事は父親のそれに僅かだが劣る。

──私の腕が足りないだけだ。

風呂敷包みを開きながら、律は思った。

包みの中身は、律が施《ほどこ》した上絵の見本だ。一、二尺ほどの素材や織り方の違う布に、律が得意とする花や鳥の絵、いくつかの紋が入れてある。

伊三郎が描いたものではないかと疑われることもあるが、目利きなら筆の甘さが気になるやも知れぬ出来だ。事件後の伊三郎は——つまりは律は——腕が落ちた、事件に同情して取引を続けていたのだと、はっきり断った得意先もあった。

思わず涙ぐんでしまったところへ、表から足音が近付いてきた。慶太郎が戻って来たのだと察し、律は慌てて目尻を拭う。

引き戸が開いて慶太郎が入って来た。

「ただいま、姉ちゃん」

「お帰り。寒かったでしょ？」

「そうでもないよ」

応えた慶太郎の顔は、この寒いのに少し汗ばんでいる。あがりがまちに座った慶太郎は、見たことのない風呂敷包みを背負っていた。どさりと下ろされたそれは二貫はありそうだった。まだ九歳の慶太郎には大荷物である。

「先生の遣いで不忍池の方に行ったって聞いたけど……」

「うん。先生の友達で、恵明《けいめい》先生っていうお医者さんのところへ本を届けに行ったんだ。かん者さんがたくさん来てて大変そうだったから、おれも少し手伝ったんだよ」

「手伝ったって、何を？」

「お湯をわかしたり、赤んぼうをあやしたり……そんなことだよ」

そんなこと、と言いつつ慶太郎は誇らしげにやや胸を張った。

「それでこれは？」

「かん者さんの一人が持って来た物だけど、だちん代わりに先生がくれたんだ」

二重の風呂敷に包まれた中身は米であった。

「これでしばらくお米を買わなくてすむね」

微笑んだ慶太郎に胸が締め付けられた。

父親が請けた最後の仕事を終えてから、金は出ていく一方であった。律たちは今のところ、伊三郎が残した金で食いつないでいた。

荒れても伊三郎は博打《ばくち》に手を出すことはなかったし、酒も五合も呑めば酔い潰れて寝てしまったから、この五年間も暮らしに窮するということはなかった。そんな中でも、自制できぬと、生前の伊三郎は己をわきまえていたようだ。金が入るとそのうちのいくばくかを今井に預け、小金を貯めていた。

おとっつぁんなりに、私たちのことを考えていてくれたのだろう――

伊三郎が今井に預けていた金は全部で五両ほどで、慶太郎と二人暮らしとはいえ、一年と遊んで暮らせない。

隣り合わせでも律たちの家は今井のそれより広かった。間口二間に奥行三間で、土間と台所を合わせれば十二畳になる家は、二人暮らしには贅沢だが、道具が多い上に布を張ったり蒸したりする上絵師には必要な広さだった。

家賃だけで毎月一分《いちぶ》はかかるため、大家は引っ越しを勧めたが、長屋を出ずにすんだのは、残された五両と、今井が身請け人になってくれたおかげである。

「これは重かったわね……でも助かるわ。ありがとう、慶太」

このまま当てもなく暮らす訳にはいかなかった。上絵師として仕事がもらえないのなら、何か他の方法で身を立てる必要がある。

しかし律にはまだ、上絵を諦める決心がつかなかった。

物心ついた時から父親の仕事ぶりを見て育った律だ。筆さばきを覚えてからは、上絵師として、紙ではなく布に描くことを父親から仕込まれた。女だから跡継ぎにとまでは思っていなかったかもしれないが、慶太郎が生まれるまで十二年もあったため、伊三郎は律に己の技を教えることを惜しまなかった。

父親の期待に応えたいという想いと共に、律の中には上絵師の誇りが育まれていった。

一発勝負の緊張感と、思い通りの絵を描けた時の高揚、そして満足感。父親の腕に足りぬことは承知で、もっともっと上絵師として精進《しょうじん》していきたい気持ちが律にはある。

広げてあった見本を慶太郎はちらりと見やったが、何も言わずに米櫃《こめびつ》に米を移した。

一回りも年の離れた弟に気遣われているのだと知って、律はますます心苦しくなる。急いで見本を仕舞うと殊更《ことさら》明るい声で言った。

「お茶を淹れようか。香ちゃんがお饅頭を持って来てくれたのよ。慶太郎の大好きな桐山の薄皮饅頭よ」

「え、ほんと？」

目を輝かせた慶太郎に微笑んで、律は茶の用意をした。

今井のところにある物よりずっと安物だが、律の長屋にも揃いの茶瓶と茶碗がある。母親の美和が生きていた頃、どこぞの市で買って来た物だ。

茶葉は今井からのおすそ分けで、青陽堂の煎茶である。手習指南所の師匠として、また、町の者のよき相談者として、律たちが指南所に通っていた頃から青陽堂は感謝の意を込めて今井に茶葉を贈り続けていた。

淹れた茶を一口飲んで、やはり違うと、律は小さく首をかしげた。涼太に倣《なら》って淹れているのに、同じ茶葉でも今井のところで飲んだ方がいつも美味しく感じるのだ。

「はい、姉ちゃん」

饅頭を一つ手に取った慶太郎が、包み紙ごと残った一つを差し出した。

「いいのよ。二つとも慶太郎の分」

「え、でも……」

慶太郎の顔に浮かんだ迷いを打ち消すべく、律はにっこり笑った。

「私はもう先生のところでいただいたの。二つあるのは涼太さんが譲ってくれたからよ」

「涼太さんが？」

しまった。

言った途端に香の顔が浮かんで、律は言い繕《つくろ》った。

「違った。涼太さんじゃなくて、香ちゃんが慶太郎にって」

「お香さんが……？」

「ええとね、涼太さんが香ちゃんに意地悪なこと言ったから、香ちゃん、臍《へそ》を曲げちゃって、涼太さんにお饅頭をあげなかったの」

「なぁんだ」と、慶太郎は噴き出した。

「そうなのよ」と、律もつられて笑う。

二つ食べられると思って安心したのか、慶太郎は一つめを早速《さっそく》口にした。

「うまい。おれ、桐山のおまんじゅう、大好き」

「今度香ちゃんに会ったら、ちゃんとお礼を言うのよ」

「わかってるよ。おれ、お香さんも大好き」

「お饅頭をくれるからでしょ？」

「ちがうよ。お香さんが優しくて、べっぴんだからに決まってるじゃないか」

「あら、言うわね」

ませたことを言う慶太郎に苦笑しながら、律は己が九歳だった頃を思い出した。

「大好き」と、香にならば今でも言える。

でも涼太さんには……

慶太郎と同じ年だった頃、香を「香ちゃん」と呼ぶように、律は涼太を「涼ちゃん」と呼んでいた。「涼太さん」と呼ぶようになったのは、涼太が十二歳になり、手習指南所に行く代わりに、跡継ぎとして奉公人に交じって店で働き始めてからだ。涼太の方もそれまでは香と同じく律のことを呼び捨てにしていたのに、指南所で会わなくなってから「お律」と呼ぶようになった。

初めて「お律」と呼ばれた日の夜、律はおずおずと母親にそのことを告げた。母親はやや困ったように頷きながら律を諭《さと》した。

「涼太さんは青陽堂を継ぐのだし、お前ももう奉公に出ていてもおかしくない年頃なのだから……これからは立場をわきまえて『涼太さん』とお呼びしなさい」

母親に諭されるまでもなく、律は薄々と感じていた。

同じ町民であっても、裏長屋と表店の子では立場が――身分が――違う。ましてや青陽堂は家持で、いくつもの武家や商家が御用達《ごようたし》にしている大店だ。涼太や香と親しくなれたのは、長屋では二人と年の近い子供が律しかいなかったのと、師匠の今井が隣りに住んでいたからであって、己が特別だったからではない。

「香ちゃんも涼ちゃんも大好き」

そんなことを無邪気に言えたのはせいぜい五、六歳までだった。

育ちや身なりの違いは子供ながらに早くから察していたため、出しゃばったことをした覚えはないが、指南所で二人が仲良くしてくれるのをずっと誇りに思っていたのは事実だ。

思えば両親や、今井を除く他の長屋の住人はずっと以前から涼太を「さん」付けしていたと、母親の言葉を聞きながら律はうつむいた。

思い立って香の方も「お香さん」と呼んでみたのだが、これは香が顔を真っ赤にして怒ったのですぐにやめた。

「お香さん、およめに行く前は相生小町って言われてたんでしょ？　それがいきなりよその町におよめに行っちゃったから、ここらの独り身がたくさん泣いたって——」

「やぁだ。あんた一体どこでそんな話を聞いてくるの？」

「どこって、いっちゃんとか……夕《ゆう》ちゃんとか」

口を濁した慶太郎が可笑《おか》しかった。

いっちゃんこと市助《いちすけ》と夕は、二つ隣りの長屋の子供たちだ。市助の母親の兼《かね》が大の噂好きなのをこの界隈で知らない者はない。おそらく兼が言ったことを市助と夕が聞いて、指南所で慶太郎に話したのだろう。かつての律たちのように、三人仲良くしていることは知っていたが、どうやら慶太郎は夕に幼くも恋心らしきものを覚えているらしい。

「そうなの？　夕ちゃんもそんなことを言ってるの？」

「夕ちゃんは、その——いっちゃんのおっかさんから聞いて……」

頬を染めて、しどろもどろになった慶太郎が愛らしい。これ以上からかっては悪いと思うものの、つい余計なことを言ってしまう。

「怒った訳じゃないのよ。本当のことだもの。香ちゃんは小さい時から別嬪《べっぴん》さんだったわ。夕ちゃんも可愛いから、そのうち夕ちゃんが相生小町になるかもしれないわね」

「……夕ちゃんは、そんなのにならなくていいんだよ」

むすっとして慶太郎がつぶやく。

あらあら……。

初恋は実らないというけれど、似たような裏長屋暮らしをしてきた二人なら話も合うし、同じ町の幼馴染みが夫婦になるのは珍しくない。慶太郎が嫁をもらうのはまだ十年は先のことだろうが、嫁が誰であれ、慶太郎の「想い人」であることを願うばかりだ。

「……姉ちゃんはどうなのさ？」

「えっ？」

「姉ちゃんはおよめにいかないの？」

これはとんだ藪蛇《やぶへび》だ。

「私はそれどころじゃないのよ。……絵が駄目なら、どこか働き口を探さないと」

うろたえてうっかり不安を口にしてしまった。慶太郎は一瞬目を落としたが、すぐに顔を上げて律へ微笑んだ。

「大丈夫だよ。姉ちゃん、すごく上手だもん。あ、そうだ。恵明先生の近くにもね、呉服屋さんがあったよ。おれ今度ちょっとのぞいてくるね」

「いいのよ。姉ちゃんがなんとかするから、あんたは心配しなくていいの」

「でも――」

「いいの。さ、それを食べたら、夕餉《ゆうげ》まで少し書き方を見てあげる」

「えー」

本当は書き方よりも絵を覚えて欲しいのだが、慶太郎は上絵にはまったくといっていいほど興味を示さない。書き方の筆使いは上手な方だから才がない訳ではないと思うのだが、どこか上絵を避けているのは、父親とのいい想い出が少ないからかもしれない。

おとっつぁんの想い出……

仏壇はないが、簞笥《たんす》の上に二つ並んだ位牌《いはい》を律は見やった。

途方に暮れている暇はない。

――しっかりしないと!

己を叱咤《しった》して、律は茶を飲み干した。

三

二日後の八ツ半、今井の家で涼太と三人で一服しているところへ、定廻りの同心・広瀬《ひろせ》保《やす》次郎《じろう》がやってきた。

「これは広瀬の旦那、お役目ご苦労さまでございます」

「からかうのはよしとくれよ、涼太」

引き戸を閉めて、今井に誘われるまま保次郎は雪駄《せった》を脱いで部屋に上がる。

「まあまあ、今、茶を淹れますから」

「ありがたい」

武家らしくかしこまってはいるものの、火鉢の前に座る保次郎は同心というよりも学者然とした穏やかな顔をしている。

袴《はかま》は穿《は》いておらず、着流しに黒紋付羽織をひっかけただけだが、よく見ると松葉色の着物には矢鱈縞《やたらじま》が入っている。「肩で風を切る」定廻りにふさわしい粋だが、見立てたのは涼太だろうと律は踏んだ。

その涼太が着ているのは店のお仕着せだが、跡取りとあって四十代の番頭と同じ物だ。

涼太から茶碗を受け取ると、一口含んで保次郎は大きく息をついた。

「ああ旨い」

「それは何よりで」

「ああもう外に出たくない」

「何言ってんですか、今をときめく若同心さまが。八丁堀《はっちょうぼり》でも随分評判がいいと聞いてますよ。近頃は縁談もちらほら舞い込んでるとか？」

「嫁取りどころじゃないよ。しくじりゃしないかと、毎日冷や冷やしてるんだ」

保次郎は今年二十五歳で、同心となってからまだ僅か一年だ。

一年前、三十路に入ったばかりの保次郎の兄・義純《よしずみ》が辻斬りに殺された。与力も同心も表向きは一代限りの抱席《かかえせき》だが、実のところは世襲で、亡くなった兄の代わりに次男の保次郎が同心となったのだった。

腕っぷしが強く見た目も頼もしかった義純と違い、保次郎は細身で学問を愛する大人しい男だった。同心になる前から青陽堂の得意客で、涼太が学問好きな保次郎を今井に引き合わせた。いつまでも冷や飯食いもなんだから、ゆくゆくは今井のように指南所の師匠でもして身を立てようかと話していた矢先に兄が亡くなったのである。

「広瀬さんが同心となってもう一年か。早いもんだ」

「ええ。まさかあの兄が……と、今でも天意を疑いたくなりますよ」

今井の言葉に保次郎が頷いた。

義純を斬ったのは浪人で、どうも気が触れていたようである。一見、身なりの悪くない好人物に見えたために不意を突かれたのだろう、と朋輩《ほうばい》らは噂した。捕まった浪人は悪びれもせず、「頭の中の声に従っただけ」と薄笑いを浮かべて斬首《ざんしゅ》を受け入れたという。

律の母親が辻斬りに殺されていることを知っていた保次郎は、刑が執行される前に父親の伊三郎に面通しさせたが、残念ながら捕まったのは違う男だった。

——でもあれがおそらく……

昨日、父親の形見から出てきた「絵」を思い出しながら、律は男たちの話に聞き入った。

「しかし広瀬さんも様になってきた」と、今井が微笑んだ。

「とんだ見かけ倒しですがね。ああお律さん、無論、こいつも涼太の見立てだよ」

そんなにじろじろ見ちゃってたかしら。

微笑む保次郎に律は慌てて応えた。

「お似合いです」

「そんな世辞はいいんだよ」と、保次郎は苦笑した。「髷《まげ》に着物に雪駄、歩き方まで、涼太にみっちり仕込まれたからね。一見同心に見えなくもないと親にも言われているよ。あくまでも、一見、だがね」

柔和で気さくな保次郎の物言いに、ふふ、と律はつい笑みをこぼした。

「昨年は大変でしたね」

「そうなんだ。着物はともかく、刀が重くてね……」

兄の代わりに同心となった時「このままじゃいけません」と涼太に進言され、上から下まで身なりを変えた保次郎だった。与力、火消、相撲取りは俗に「江戸の三男《さんおとこ》」と言われている。その与力の下につく同心の中でも、定廻りは花形だった。朱房《しゅぶさ》の十手《じって》を懐《ふところ》に、颯爽《さっそう》と町を歩く姿に庶民は安堵し敬慕するのであって、いくら実直でもなよなよしい男はお呼びではない。朋輩には隠しようがなくとも、町民に莫迦《ばか》にされるようでは江戸の治安にもかかわってくる。

涼太の「指南」で、外では厳《いか》めしい顔と物言いを心がけている保次郎だが、今井の家にいる時は素《す》に戻るようだ。

「脇差でもへっぴり腰だと涼太には叱られたが、ようやく二本差しにも慣れてきた」

「今はどこから見ても立派な定廻りの旦那さんです」

「一年歩き通しだからね。慣れない方がおかしいんだ。でもまだまだ兄上には遠く及ばないがね……」

律は義純とは言葉を交わしたこともなかったが、男女の別なく義純に憧れていた者は多かった。身体つきも人となりもあまり似ていない兄弟だったが、仲は良かったようだ。義純の生前から保次郎は時折、ささやかに兄を自慢することがあった。

「町はどうですか?」と、涼太が訊いた。

「変わりない——と言いたいところだが、おととい牛込で刃傷沙汰《にんじょうざた》があって、男女二人が殺された」

ちらりと涼太が律を見やったのは、「牛込」で父親を思い出すと思ったからか。

涼太の気遣いは嬉しいが、いつまでも子供ではないのだからと、腹立たしく思う時が律にはある。子供の頃の一年は大きいが、二十歳過ぎた今は互いに大人であり、庇護《ひご》されるよりも対等でありたいと思ってしまうのだ。

「牛込ですか？」

律が問い返すと、保次郎は頷きながら懐に手を入れた。

「逃げる男を見た者がいてね。一癖ある顔だから、早くお縄にできるといいんだが」

取り出したのは、二つ折りにした似面絵《にづらえ》だ。

「どれどれ」と手にした今井の横から覗くと、細面《ほそおもて》の男の顔が描かれていた。銀杏髷《いちょう》に髭跡が濃く、右目が左目よりずっと細い。

「確かに判りやすい顔だが、粗い筆だな」と、今井が言った。

「それは先生、絵師は急《せ》かされながら何枚も描くのですから」

「それにしたって、髷や顎《あご》なんかは筆が太くてひどいわ。これなら私の方がまだましよ」

「そりゃ、お律さんは上絵師として身を立てようとしているくらいだから……」

言葉を濁らせたのは、保次郎もなんとなく、律が父親の代わりに仕事をしていたことを察しているからだと思われる。

「じゃあ一つ、お律に描いてもらおうじゃないか」

にっこりして、今井が傍らの文机から筆と硯《すずり》を取り出した。

「いいですよ」

上絵師だって絵師である。

腕試しに怖気《おじけ》づいてちゃ、仕事なんてもらえない――

今井からたすきを借りて袖をくくると、律は筆をとった。

「誰を描きましょう？」

「手始めに私の顔を描いてもらおうか。うんと男前に頼むよ」

「見たままじゃねぇと似面絵にならねぇでしょう」

涼太が言うのへ、つい三人とも小さく噴き出した。

少しばかり伝法《でんぽう》な口調になった涼太が、律は嬉しかった。

指南所にいた頃はそこらの男児と変わらぬ言葉遣いだったのに、跡取りとして店で働き始めてから口調も物腰も改まった涼太だった。若旦那としては成長したと思うものの、幼馴染みとしては他人行儀に思えて寂しい時がある。

じっと今井の顔に見入ってから、特徴をつかむと、目、鼻、口と、律はするする筆を走らせた。顔は細めで目蓋《まぶた》がはっきりしていて眉は太い。頬骨が少し出ていて唇は薄め、目尻の皺《しわ》と法令紋《ほうれいもん》が人柄の豊かさを感じさせる。

あっという間に描き上げて差し出すと、「ほう」と、今井が目を見張った。

「上手いもんだ。こうして見ると私の顔も悪くないな」

「すごいな！　そっくりじゃないか。速いし確かに筆も綺麗だ。だがね、お律さん。町奉行所の似面絵というのは大抵、見ながらじゃなく聞きながら描くんだ。聞いただけでも描けるかい？」

「描けますとも」

本当は一度もそんな風に誰かを描いたことなどなかったが、律は大見得《おおみえ》を切った。

上絵で人を描くことはまずないが、父親に言われて花や鳥に限らず、人、猫、犬なども幼い頃から紙に描いていた。表に出た時もよく人を見るよう心がけているから、詳しく言われれば大体の顔貌《かおかたち》の見当はつくような気がする。

それに……

町奉行所のための似面絵ともなれば、絵師にはいくばくかの手当てが出るだろう。さもしいと思いつつも、描くことで少しでも実入りが得られればという望みもあった。

「では兄上を――いや、お律さんは兄上を見たことがある。ならば私の朋輩を描いてみてくれないか？」

「かしこまりました。先生、すみませんが、紙を二枚いただけませんか？」

輪郭や髷などから始めて、保次郎から話を聞きながら、一枚目の紙に目鼻を少し描き出してみる。人柄や印象も含めて一通り聞くと、三十代のきりっとした男の顔が浮かんだ。

二枚目のまっさらな紙をしばし見つめて、律はおもむろに筆を握り直す。だが上絵師の度《ど》胸《きょう》か、ひとたび描き出すと速かった。

仕上がった絵を渡すと、保次郎は呑んだままだった息を大きく吐き出した。

「見事だ。お律さんは本当に絵が上手い」

「絵師を捕まえて絵が上手いたぁあんまりだ、広瀬さん」

涼太がくすりと笑うと、保次郎もつられて笑った。

「それもそうだな……あいすまない」

「そんな、謝ってもらうようなことじゃ……」

「ねぇ広瀬さん」と、今井が言った。「こいつを持って帰って、上の人にお伺いしてみちゃどうかね？　お律の腕は充分、町奉行所の役に立つと思うんだが」

「そうですね。次の似面絵は是非《ぜひ》、お律さんにお願いしたいものだ」

先生はもしや……初めから？

今井を見やると、それとない温かい笑みが口元に浮かんだ。

「残念ですが、私はここらでお暇《いとま》いたします。小者を待たせておりますし。涼太、美味しい茶をありがとう」

「お易い御用で。俺もそろそろ店に戻らないと」

涼太と保次郎が連れ立って去ったのち、律は今井に頭を下げた。

「先生、ありがとうございます」

「なんの」

「絵のこともですが、慶太のことも……」

慶太郎は今日も医者の恵明のところへ手伝いに出ていた。

「慶太郎は気が利くからな。恵明も喜んでいるよ。弟子だけでは足りないことがままあってね。ああ、危ないことはさせないから案ずることはない。慶太郎は私の大事な筆子だからな。遣い走りやら掃除やら、ちょっとしたことさ。あいつは駄賃をけちるような男じゃないし、これからもちょくちょく手伝ってもらえるとありがたいんだが」

「お気遣い、痛み入ります」

「涼太といいお律といい、いつの間にか一人前の口を利くようになったなぁ……」

目を細める今井に、目礼《もくれい》を返して律は自分の家に戻った。

夕餉の支度にはまだ早い。部屋に上がった律は再びあの「絵」のことを思い出した。

昨日、慶太郎に絵心を持たせようと思い立った律は、亡き伊三郎の矢立を確かめた。

飾り気のない銅造りのそれは、十数年前に職人に一から作らせたというこだわりの逸品《いっぴん》だ。置いた時の座りがよく、中の筆も唐物の山羊《やぎ》毛が使われている高級品で、美和が生前仕立てた細い布袋に仕舞われている。肌身離さず持ち歩いていた物なのに、あの日は何故か美和の位牌の横に置いたまま伊三郎は出かけて行った。律は律で自分の矢立をもっているから、昨日まで袋を開くことがなかったのだ。

矢立を取り出してみて、袋の中にまだ何か入っていることに律は気付いた。指先でつまんだそれは、細く折られた紙だった。

おそるおそる開くと、そこには一人の男の顔があった。

といっても、筆遣いは滅茶苦茶で「似面絵」とはとても言い難い。しかし律はとっさに、それが母親を殺した辻斬りのものではないかと思った。

美和が斬られたところへ出くわした伊三郎は、辻斬りの顔を見ている。そのことは番人を通じて町奉行所に申し出ていて、人相書も作られたと聞いていた。犯人の顔については律も何度か訊ねてみたが、その度に伊三郎は不機嫌になり「奉行所に任せろ」と繰り返したのでやがて諦めた。

筆遣いからみて、描かれたのは母親が殺された直後だろう。

残念なのは、伊三郎はもともと律ほど似面絵が上手くなく、怪我のせいであまりにも筆が乱れていることだった。うりざね顔の男なのは確かだが、それだけなら江戸中に掃いて捨てるほどいる。男の右目の上にはほくろがあるようだ。左顎の下にもやはりほくろらしきものがあるが、周りに落ちた墨から、こちらは単なる書き損じとも思えた。

結局犯人は捕まらなかったのだが、伊三郎は諦めていなかったのかもしれない。

酔っぱらっては荒れ、荒れたと思えば沈み込み、ふらり長屋を出て木戸が閉まる四ツまで戻らぬこともざらだった。

――気晴らしに出てるのだと思い込んでたけど、もしかしたらおとっつぁんは密かに、おっかさんを殺した辻斬りを探していたのかもしれない……

似面絵を隠した箪笥を見つめるうちに、忘れかけていた憎しみが胸中で疼《うず》いた。

母親が殺された直後こそ、辻斬りへの恨みを募らせたものだが、荒れる父親をなだめながら日々の暮らしに追われる間に、いつの間にか憎しみは諦めに変わっていた。しかし今思い返せば、伊三郎が荒れたのも、酔った挙句に川で溺れ死んだのも、全ては辻斬りから始まったことである。

先生に相談してみようか？

しかし先ほどの今井の笑顔を思い出して、すぐに打ち消した。

覚書程度のつたない似面絵を懐に、妻の仇を探していたやもしれない父親を想うとなんともやるせなく、それを恩師とはいえ他人の今井に打ち明ける気にはなれなかった。

母親が殺されてもう五年が経っている。辻斬りは憎いが、父親を亡くした今、律は慶太郎との暮らしを一番に考えるべきだった。

まずは仕事を――と、律は見本の入った風呂敷包みを見やって溜息をついた。

四

「涼太」

店に戻った途端にかかった声に、涼太は内心首をすくめながら応えた。

「女将《おかみ》さん」

涼太の母親にして青陽堂の女将・佐和《さわ》であった。

「宇治から荷が届いています」

「判りました。すぐに確かめます」

「うちは葉茶屋であって、油屋ではありませんよ」

「申し訳ありません」

――「油を売って来た」といっても半刻も経っちゃいねぇのに……

仕事の合間に今井のところへ行くのは、「若旦那」の数少ない特権として黙認されているのだが、佐和は今日は機嫌が悪いらしい。客には女将にふさわしい笑顔で接していても、微《かす》かに滲《にじ》む苛立ちを涼太は感じ取っていた。

触らぬ神に祟《たた》りなし――

手代の一人に目配せして、涼太はそそくさと奥の部屋へ行く。

届いたばかりの荷を、手代と手分けしてほどいた。

「煎茶、良し。玉露も……良し」

織田信長の時代から茶の産地として有名だった宇治は、高い年貢と他の茶産地が増えたことによって一度衰退した。だが百年ほど前に、宇治茶製法――蒸した茶の芽を乾燥させながら手で揉《も》むという新しい製法――によって煎茶の産地としてよみがえった。さらに十数年前に玉露が創製されてからは、歴史と発展の双方が評価されますます栄えている。

高価でも玉露は取り置きを頼む得意先が多く、今回も取り置きを除くと店頭に出す量は半分もないように思われる。涼太は手代と二人して取り置き分を丁寧に詰め始めた。

着ているお仕着せこそ番頭と同じ物だが、今のところ店での涼太の処遇は、仕入れの確認と奉公人への目配り以外、手代のそれと変わらない。

店は四代目の母親が女将として仕切っていた。父親の清次郎《せいじろう》は入婿《いりむこ》で、茶室での接待が主な仕事だ。店の奥に作られた茶室でもてなすこともあれば、得意先に出向いて茶を点《た》てることもある。佐和には頭が上がらず、どこか頼りなさげな清次郎だが、その和やかな人柄で奉公人と得意先の信頼を得ていた。本格的に茶を学んだのは婿となってからだそうだが、今ではいっぱしの茶人として名が通っている。

商売人としては物足りなくも、きどらぬ父親とは話しやすい。

お律のことも、親父ならけして反対しないだろう。

だが、おふくろは……

幼い頃はただ漠然と、思春期に入ってからははっきりと、涼太は律と一緒になりたいと望んできた。しかしそれを言葉にする機会には、いまだ恵まれていなかった。

奉公人に交じって店で働き始めてから、商売の面白さを覚え、跡取りの責任を重く受け止めるようになった涼太だった。

「いざとなりゃあ、駆け落ちでも」などという甘い考えはもとよりない。生まれた時から青陽堂の跡継ぎとして育てられたこともそうだが、律の性格からして家族を置いて行くことも、涼太がそうすることも良しとしないのは百も承知だ。

律が上絵を続けたいのであれば、金になろうがならなかろうが、涼太は一向に構わない。

しかし女将の佐和が反対するのは目に見えていた。

「意気地なし」と、妹の香は言う。「お兄ちゃんは、母さまの言いなり」とも。

まったく、人の気も知らねぇで――

同じ煎茶でも茶園によって銘が違う。得意先の注文と銘を照らし合わせながら、涼太は黙々と茶を量り、それぞれ預かっている筒に納める。

「若旦那、そちらは小池さまの茶筒です」

「ああ、すまない」

茶を入れ替えながら、涼太は先ほどの律を思い出していた。

栗梅《くりうめ》色のみの袷《あわせ》に煤《すす》色の帯、銀杏返《いちょうがえ》しの髷に化粧気のない顔。職人の娘にしても地味すぎる律だが、たすきをかけ、露わになった白い腕にはそこはかとない色気があった。

つい胸をかすめた欲望に加え、保次郎を見つめた律の瞳が涼太を胸苦しくさせた。

保次郎が言った通り、同心として恥ずかしくないよう仕込んだのは自分で、この一年で保次郎の男振りは目に見えて上がった。それは喜ばしいことなのだが、あのように律が保次郎を褒め称えると、どうしても嫉妬めいた気持ちを抱いてしまう。

広瀬さんに比べて俺はどうだ？

番頭の勘兵衛《かんべえ》は四十代だから、そう遠くないうちに独り立ちするだろう。その時までには名実共に店を継いでいるつもりだが、このところ涼太は焦りを覚えて仕方ない。

十代で嫁ぐ娘が多い中、二十歳過ぎた律はもう「年増」であった。父親の死を乗り越え健《けな》気《げ》に己の手で身を立てようとしている律だが、香曰《いわ》く、四十九日を過ぎた今、町中《まちなか》では律に縁談を持ちかけようとする者もいるという。

いつもなら話半分に聞き流す香のおしゃべりも、律のこととなると別である。

裏長屋の暮らしにかかる金くらい、涼太は小遣いで賄《まかな》える。

——だがあいつは誓って、俺から金は受け取らねぇ。

どうやって律を助けるか思案していた涼太は、今井の計らいに感心すると同時に、内心己に地団太《じだんだ》を踏んだ。

似面絵が少しでも律の実入りとなるに越したことはない。ただ律が似面絵も得意とすることを知りながら、あのような案は思いつかなかった己を子供のように涼太は悔やんだ。

「若旦那」

廊下から丁稚《でっち》の一人がおずおずと声をかけた。

「なんだい？」

「美坂屋《みさかや》の若旦那がおみえで……」

「今行く。——悪いね、すぐに戻るから」

手代に言い置いて、涼太は母親に見つからぬよう裏口から表通りへ回った。

涼太を見ると、美坂屋の跡取り息子・勇一郎《ゆういちろう》がにやりとした。

「とんとお見限りじゃないか、涼太」

「忙しいんだ」

美坂屋は日本橋の扇屋で、勇一郎は商家の跡取り仲間の一人だ。美坂屋は間口は青陽堂の半分しかないが、日本橋とあって青陽堂に劣らぬ年商があった。

一瞬、扇絵を律に勧めようかと思った涼太だが、勇一郎を見やって思い直した。

勇一郎の長めの着物と羽織は微妙に違う濃鼠《こいねず》色だ。絹の帯や帯から覗く根付《ねつけ》、雪駄を入れて三両は下らぬ身なりである。涼太よりもやや小柄だが、色白の美男には違いなく、そんな勇一郎に律を引き合わせる気にはなれなかった。

「わざわざ神田の北までよく来たな」

「昨夜、明神さまの近くに泊まったもんでね。どうだい、涼太？　明日、則佑《のりすけ》らとなかへ繰り出そうかと言ってるんだが」

勇一郎のいう「なか」とは「吉原《よしわら》」のことである。

初めは好奇心、その後は付き合いから涼太もたまに足を運ぶが、欲望を満たすだけの夜にはいい加減飽きてきた。よって、佐和がいい顔をしないのを理由に、近頃勇一郎らには無沙汰をしていた。

「そんな暇ねぇよ」

同じ跡取りの「ぼんぼん」でも、店のことを一から仕込まれた涼太と違って、勇一郎は時折店に顔を出す程度だ。主はここぞという時だけいればいい、というのが勇一郎の持論で、親も容認しているらしい。

「お前は気楽でいいな」

誰よりも店を把握している主でありたいと思う涼太とは考え方が異なるが、自由気ままに遊び歩いている勇一郎が羨《うらや》ましい時がないこともない。

「お前はもったいないよ」

にやにやしながら勇一郎は応えた。

「もっと遊べよ。店のためにゃ、嫌でもそのうち身を固めることになる。だが、好いた女と一緒になれるとは限らねぇぜ。お前のことだ。囲い女なんざ考えちゃいねぇだろう？　ちくしょう。うちも越後屋ほどの大店になりゃあ、何人も女を囲えるんだがなぁ……」

「だったら、帰ってちったぁ家業に精を出しやがれ」

「ごめんだね」と、勇一郎は舌を出した。

不自由なく育ったからか、勇一郎の子供じみた仕草には愛嬌《あいきょう》がある。

「なら女のところへでも行けよ」

苦笑しながら、涼太は手を振って勇一郎を追いやった。

「その女のところからの帰り道だってんだ。しかし惜しいなぁ。則佑なんかより涼太の方がずっともてるってのに……」

「失《う》せやがれ」

「へぇい」

おどけて肩をすくめると、特に気にした様子もなく勇一郎は踵《きびす》を返した。

ぷらりぷらりと去って行く勇一郎の背を、涼太はしばし見送った。

吉原なんぞどうでもいいが、好いた女と夜を共にしてきた勇一郎が、やはりどこか羨ましかった。

五

下描きをした紙を見つめて律は思いあぐねた。

今朝、律は慶太郎の言っていた、不忍池の近くにある呉服屋・池見屋《いけみや》を訪ねていた。類《るい》と名乗った四十代前半の女将が主で、愛想笑いの一つももらえなかったが、律の持って行った見本は見てくれた。

「悪くない」

隅から隅まで見本を確かめて類は言った。

「でも伊三郎さんには随分劣るね」

「父をご存知でしたか」

「取引したことはなかったけどね。――ああ、劣るってのは五年前までの伊三郎さんだよ。あの人は利き手を怪我してから腕を落とした。仕方ないっちゃ仕方ないけど、絵師の都合なんざ、客は知ったこっちゃないからね」

厳しい言い方だった。

本音で話してくれるのはありがたいが、「随分劣る」と言われたのは心外だ。劣ることは承知していたものの、そこまで言われるとは思わなかったのだ。

「町娘の着物くらいなら任せられるかもしれないが、こちとらも商売だ。見本は伊三郎さんのものじゃないって証拠が欲しいね。ちょいと腕試しに描いてもらおうか？」

「承知しました」

「布は手代に用意させるよ。絵はそうだね……椿《つばき》でどうだい？　意匠もあんたが考えてみたらいい。あまりのらりくらりやられてもなんだけど、私もそう暇じゃない。来月、また会ったげよう」

この場で描かないなら、いくらでも代役を立てられるではないか。

そう思ったのが顔に出たのか、類は微かに鼻を鳴らした。

「うちは品物さえ納めてもらえりゃいいんだ。この程度の上絵なんざ、誰が描こうがどうでもいいのさ」

霜月《しもつき》までまだ二十日以上もあった。体《てい》よく追い払われた気がしないでもない。

――悔しい。

悔しい！　悔しい！

いくつかの椿の下描きを睨みつけて、律はぐっと涙をこらえた。

なんとしてでも類をぎゃふんと言わせてやりたいが、今のところありきたりの意匠しか思いつかず、律は大きく溜息をついた。

池見屋からもらった布は、蒸栗《むしぐり》色の三尺の木綿《もめん》だ。一枚しかなく、類の口調からして一尺ずつ違う絵柄というのは納得してもらえそうになかった。

紙と布と、交互ににらめっこしているところへ、表から今井の声が呼んだ。

引き戸を開けると、今井が微笑んだ。

「仕事中だったかい？」

「意匠を考えていただけです」

「恵明が訪ねて来てるんだ。挨拶がてら、頼みたいことがあると言ってるんだがね」

慌てて身なりを確かめると、律は隣りの今井の家へ向かった。

医者の春日《かすが》恵明は、今井より幾分若く見えた。

「恵明と申す」

「律と申します。慶太郎がお世話になっていて……その、こちらからご挨拶に伺うべきところをどうもすみません」

「世話になっとるのはこっちだ。雑事が減るから慶太が来るのを弟子たちも喜んどるよ」

にこやかに言う恵明は、年相応に肥えた身体つきで愛嬌がある。

実は今日、池見屋に行くついでに恵明のところを訪ねようと思っていたのだが、類の言葉で柄にもなく頭に血が上ってしまった律は、恵明のことはすっかり忘れて家に戻って来てしまったのだった。

「こいつがね、お律に似面絵を描いて欲しいというんだ」

「似面絵ですか」

「そうだ。しかも初恋の女性をね」

「初恋の……」

口にすると何やら気恥ずかしくて、己の頬が仄《ほの》かに熱くなるのを感じた。

「ふふ、あんたみたいな娘さんからしたら、可笑しいだろうね」

「そんなことありません」

照れた笑みを浮かべた恵明に、律は懸命に言い繕《つくろ》った。実際、恵明のような四十代の男がいまだ初恋の女を偲《しの》ぶとは、可笑しいというより微笑ましい。

馴染んだ筆の方が良いから、急ぎ自分の長屋に取りに戻った。数日前に保次郎の朋輩を描いたように今井から二枚の紙をもらうと、律は恵明の話を聞きながら、顔の部位をいくつか一枚目の紙に描いた。

「お弓《ゆみ》といってね。幼い頃から一緒になりたいと願っていたのだが叶わなかったよ」

「振られちまったのか?」

「応えづらいことをはっきり訊くねぇ、直之さん。まあ、その通りなんだが……親に反対され、私がまごまごしているうちに他の男にさらわれちまったのさ。もう二十年になるね。お弓が祝言《しゅうげん》を挙げたのは、ちょうど今時分だったな……」

「親御さんに反対されたというのは、またどうしてだい?」

「つまらんことさ。お弓の父親は石工《いしく》でね。うちは三代続いた医者だから、もらうならやはり医者の娘がいい、とかなんとかおふくろがごねて」

「それで諦めちまったのか。意気地がないな」

「諦めてなんぞなかったさ。ただおふくろを説き伏せるのが一苦労で、その間に――」

弓は恵明と同い年で、当時二十二歳だったというから、律と一つしか違わない。

ぽつぽつと語る恵明の言葉の端々に弓への想いが感ぜられて、交じり合う温かさと切なさを胸に、律は二枚目の紙をじっと見つめた。

浮かんできた一人の女の顔を、黙ってゆっくり描き上げた。

筆を置いて恵明を見上げると、微かに潤んだ目で恵明は似面絵を取り上げた。

「こりゃすごいな」

「だろう？」

「直之さんの言った通りだ。まるで見てきたかのようじゃないか」

大げさに持ち上げているのは照れ隠しだろうか。

「先生が、詳しく話してくださったから……」

はにかんで律が応えたところへ、涼太がやって来た。

「お客さんですか」

「涼太、ちょうどいいところへ来た。頼む。茶を淹れてくれ」

「お易い御用で」

簡単な挨拶を恵明と交わし、涼太はいつも通り茶を淹れ始めた。

と、そこへ今度は保次郎が女を一人連れて現れた。

「——ああ、いい香りだ。おや、今日は満員御礼《おんれい》ですな」

「表は寒いでしょう。どうぞお上がりください」

今井が丁寧な言葉になったのは、見知らぬ女が一緒だからだろう。

「取込み中すまぬが、お律、似面絵を一枚頼まれてくれ」

いつになく厳めしい物言いの保次郎が可笑しいが、そこは律も心得ていて、恭《うやうや》しく頭を下げた。

四人でも手狭な長屋が、二人増えて一層狭くなった。

涼太が二人の分も茶碗を出し、淹れた茶を盆に載せたまま保次郎の前に置く。女は律より少し若い年頃の娘で、身なりからして裕福な家の出らしかった。

保次郎から茶を勧められた女が、礼を言いながらちらりと涼太を流し目で見たのに気付いて、律は思わず目を落とした。

「こちらは綾乃《あやの》さんといって、浅草の料亭、尾上《おのうえ》の娘さんだ。今朝がた旅人の一人が宿から雷門に向かう途中、匕首《あいくち》で襲われて財布を盗《と》られてな。綾乃さんがすぐ後に通りかかったのだが、その前に角ですれ違った男が犯人ではないかと」

その男の似面絵を描いて欲しい、と、保次郎は言った。

襲われた男は匕首を刺されたままで発見された。今は瀕死の状態で話もできないが、綾乃という目撃者がいたのは奉行所には幸いだった。

ゆっくり茶を口に運んでから、綾乃は男の人相を語り始めた。男たちも律の手元を興味津《しん》津《しん》で見守っている。人相を確かめながら綾乃を見やる度、綾乃の茜《あかね》一色でも仕立てのいい着物や、紅を差さずとも娘らしい赤い唇が目についた。

年若い分、香よりおきゃんな気がするものの、女の律から見ても綾乃は愛らしい。尾上という料亭を律は知らないが、表店の娘ということと年頃に鑑《かんが》みて、綾乃のような娘なら涼太の嫁として佐和も認めるに違いないとぼんやり思った。

「まあ、そっくり」

口元に手を当てて綾乃が驚いた似面絵には、細面で袋付の小銀杏《こいちょう》髷、髭跡の濃い男の顔が描かれている。

横から見やった涼太が言った。

「こないだの似面絵に似てますね。でも髷は変えられても、目がなぁ……」

輪郭や目鼻立ちは、先日保次郎が持って来た牛込で男女を殺した男の似面絵に似ているが、浅草の男は両目ともぱっちりしていて左顎の下に傷があったという。男の背丈はおよそ五尺三寸。顎下の傷が見えたのは、綾乃が五尺ほどと、律よりも背が低いからだろう。

「言われてみれば……牛込の男もまだお縄にできてないんだ。なんだか髭の濃い男がみな悪人に見えてきそうで困るよ――」

いつもの調子に戻りかけた保次郎だったが、涼太の目配せに気付いて口元を引き締めた。

「それはさておき、お律、急ぎこいつを十枚ほど描いてもらいたい」

「はい」

頷いて律は再び白紙に向かった。

同じ似面絵を十枚仕上げる間に、綾乃が恵明の傍にあった弓の似面絵について訊ねた。恵明が初恋話を繰り返すのへ、涼太と綾乃がそれぞれ相槌《あいづち》を打つ。

四半刻ほどで十枚を描ききると、保次郎が微笑んだ。

「上出来だ。これはお上からの礼だ」

懐紙に包んだ物を差し出すと、保次郎は茶を飲み干し、綾乃を促して立ち上がった。

綾乃は名残惜しげに草履を履くと、涼太を見つめてにっこり笑《え》んだ。

「涼太さん、美味しいお茶をありがとうございました。今度ゆっくり、お店の方に寄せていただきますね」

「どうぞご贔屓に」

綾乃が親しげに涼太を名前で呼んだのも気になったが、如才《じょさい》なく会釈《えしゃく》を返した涼太の方が律には面白くない。

あんな娘さんにまで嫉妬して……恥ずかしい。

弟と二人、裏長屋で貧乏暮らしをする己が涼太の嫁になることはない。

判っていたことだ。

もうとっくの昔に、判っていたこと——

ふと、会ったこともない二十年前の弓が脳裏に浮かんだ。

「振られた」と恵明は言うが、話からすると弓も少なからず恵明を想っていたようである。

だとしたら、弓は恵明を「振った」のではなく、「思い切る」ために他の男に嫁いだのではなかろうか。

「あの……お弓さんなんですが」

「うん？」と、恵明が律を見た。

「恵明先生を振った後、一体どなたに嫁がれたのですか？」

「植木屋だ。当時はただの弟子だったが、お弓の奉公先の豆腐屋の常連だったんだ」

「そうですか」

それが分相応というものだ。

戯作《げさく》では身分違いの恋物語がもてはやされ、玉の輿《こし》を夢見る女も少なくないが、それもせいぜい十代までだ。妾ならともかく、まっとうな暮らしを望む女なら、早々に身の丈にあった男と夫婦となって、ささやかながらも幸せな家を築いていくのが常である。

……大体、私に大店のおかみさんなんて務まらないもの。

池見屋の類には莫迦にされたが、上絵師として身を立てたいという思いはますます強くなっていた。だが池見屋から仕事をもらえるようになっても、暮らしに困らぬだけ稼げるとは限らない。慶太郎の将来を考えれば身を固めるのも一案に思えた。例えば夫となる男が出《で》職《しよく》なら、律は家事をしながら居職《いじよく》で上絵を続けていける。

住めば都というように、共に暮らせば情が芽生える筈だ。

それは恋情《れんじよう》ではないやもしれぬが、愛情の一つには違いない。

「お弓さんは、今はどこにいらっしゃるんですか?」

今度は涼太が訊いた。

「お弓は嫁いだ後も豆腐屋で通いで働いていたのだが、私が京へ修業に行ってる間に、男が独り立ちしたらしい。芝の方へ越したと豆腐屋は言っておったから、今もその辺りにおるのじゃないかな……」

似面絵を片手に恵明は微笑んだが、その笑みはどこか寂しげだった。

二杯目の茶を注ぎながら、涼太は続けて問うた。

「先生の方は、おかみさんは……?」

「娶ったよ。京で学んだ恩師のつてでな。しかしどうも江戸の水に馴染めなかったようで、二年と経たずに逃げられちまった」

「それからはお独りで？」

「いや、後妻を娶って一男もうけたさ。だが産後の肥立ちが悪くてね。一年ばかり寝たり起きたりした後に逝《い》っちまった。それで乳母を雇ったんだが、乳母の夫が仏師《ぶっし》でな。木彫りの大黒さまを人形代わりに育ったもんだから、生きた者より木の方が気楽でいいなんて抜かすようになって、親が止めるのも聞かずに京の仏師に弟子入りしちまった。あいつもそのうち、京女を娶るかもしれんな」

「……さようで」

「京女は情が深いが、深いというのは強《こわ》いでもあるぞ。愚息《ぐそく》は手遅れだろうが、君はせいぜい気を付けるがいい」

「はあ……私はやはり、同じ江戸の水に馴染んだ女の方が……」

「そうだろう、そうだろう。やはり島原《しまばら》より吉原だ」

「これ恵明、お律の前だぞ」

「おお、こりゃすまん」

今井にたしなめられて、恵明は頭に手をやった。

「それにしても上手くいかんものだな。まさか息子が仏師になるとは――」

「だがおぬしは弟子に恵まれておるではないか。また、仏師も医者も、人を助けることに変わりはない」

「それはそうだが——寂しいもんだ」

苦笑しながらも、つい本音をこぼした恵明だった。

店に戻らねばならぬ涼太が先に暇を告げ、更に四半刻ほどしてから恵明も家路についた。

「似面絵の礼」としてさりげなく恵明が置いて行った懐紙の中には一朱が、保次郎からの懐紙にはなんと一分も包まれていた。

「こんなに……」

「いやいや、それぞれお前の仕事に見合った値だ」

月初めに今井から受け取った金はまだ残っている。

「これは先生が預かっていてください」

「承知した」

伊三郎の生前から使っていた帳面を取り出して、今井は一分一朱を書き込んだ。

七ツも過ぎて、そろそろ慶太郎が戻って来る刻限だった。

「慶太郎はどうも、上絵には興味がないようなんです」

「お律も寂しいのかい？」

「寂しいです。それになんだか、おとっつぁんに悪い気がして」

「伊三郎さんにはお律という、立派な跡継ぎがいるじゃないか」

「でもやっぱり男と女じゃ違いますよ」

女の職人もいないことはないが、修業をするにも仕事にありつくにも、男の方が圧倒的に有利な世である。

「そうかね？」と、今井は微笑み、

「そうですよ」と、律は口を尖らせる。

「お律、お前には才があるよ。私は絵師ではないが、多少は良《よ》し悪《あ》しを心得ている。絵師として才を活かすも殺すもお前次第さ」

「才だけでは絵師になれません。才と同じくらい家や運だって大事なんだわ」

「うむ。だが、家は選べぬとも――」

「心がけと心意気で風向きは変わる」

それは指南所で、今井が子供らに繰り返し教えることの一つだった。

「――本当にそうなんでしょうか、先生？」

「そんなに改まって問われると困るな」

苦笑を漏らすと今井は穏やかな声で続けた。

「だが、私の信条は変わらないよ。幸せな者がずっと幸せとは限らないように、不幸な者がずっと不幸とは限らない。心がけと心意気次第で、道は閉じたり開いたりするものなのさ。それに医者の息子が、何不自由ない暮らしを捨てて仏師を目指すことだってあるんだ。女のお前が上絵師として名を上げても私はちっとも驚かないよ」

今井の前身は浪人だったと聞いている。身請け人はとある両替商で、その菩提寺《ぼだいじ》の住職の勧めもあって指南所の師匠として身を立てることになったらしい。今井自身に再仕官の意はなく、本人は今の暮らしに満足しているようである。

「……恵明先生のところで修業すれば、慶太郎も医者になれるでしょうか？」

「慶太郎が望めば恵明は喜んで弟子にするだろう。しかし、慶太郎は私にはかねがね、菓子職人になりたいと漏らしているがね」

「莫迦な子」と、律は噴き出した。「あの子ったら、菓子職人になれば毎日あんこをたらふく食べられると勘違いしてるんだわ」

己は上絵師の娘として生まれ、幼い頃から上絵を学んで生きてきた。家が違えば志したものも違ったかもしれないが、二親が死してもなお、己は上絵師になることを望んでいる。

おそらく涼太もそうだ。葉茶屋の跡取りとして生まれ育ったがゆえに、否応なく十二歳の時に家業を学び始めた。だがもとより家業を嫌ったことはなく、涼太は心から茶を愛し、己の選んだ道に誇りを持って挑んでいる。

今井に暇を告げると、律は己の長屋に戻ってまだまっさらな蒸栗色の布を見つめた。

——私は上絵師を続け、涼太さんは青陽堂の主となる。

祈りのごとく胸のうちでつぶやくと、驚くほどの静謐《せいひつ》さが訪れた。

次の瞬間、律は下描きだらけの紙を裏返し、新たに浮かんだ意匠を筆に託した。

六

「見つけた」と、涼太がやって来たのは三日後だった。

昼の九ツの鐘が鳴ってからまだ僅か半刻で、今井は指南所から戻っていない。

「見つけたって何を？」

「あの似面絵の――」

「似面絵？」

一瞬、保次郎の探していた追剝が見つかったのかと思ったが、涼太が見つけたと言ったのは弓――恵明の初恋の人であった。

「どこで見かけたの？」

「浅草。大川端《おおかわばた》の旅籠《はたご》だ。俺だけだと怪しまれるから、お律も一緒に来てくれよ」

届け物の途中で見かけたらしく、急ぎ戻って来たという。

涼太には外で待ってもらい、しごき帯をよそ行きの帯にかえた。少しだけ髷を櫛《くし》で整え、化粧はせずに襟巻を巻いて外へ出る。

涼太は平然としていたが、木戸を出る時、青陽堂の者に見られるのではないかと律の方が冷や冷やした。やましいことは何もないのだが、涼太と二人きりで表を歩くことなぞこの四、五年、絶えてなかったからだ。

相生町を東へ抜け、神田川の北を大川へ向かって進む。

じきに霜月とあって風は身を切るほど冷たい筈なのに、横の涼太が気になって律は寒さを感じなかった。

道中、涼太が手短に語ったところによると、たまたま見かけた女はおそらく遣いの帰りで、しばらく尾行《つけ》てみたところ、勤め先らしき旅籠の勝手口へ入って行ったという。

他の者なら信憑性《しんぴょうせい》を疑うところだが、人の顔や名前に対する涼太の記憶力は女将の佐和でさえ高く評価していた。得意客はもちろん、一見《いちげん》の客の顔も忘れない。老若男女《ろうにゃくなんにょ》、男前の若旦那に名前を呼ばれて喜ばぬ客はいなかった。

涼太は律に合わせて歩いてくれているものの、届け物の途中とあらば悠長《ゆうちょう》にしてはいられない。事情を聞くと、律は後は黙々と先を急いだ。

茅町《かやちょう》に出ると北へ折れた。御蔵前の広い道をひたすら歩き、諏訪町《すわちょう》を東へ――大川端の方へと向かった。

旅籠・信濃屋《しなのや》の前まで来ると、道の反対から玄関を窺う。

「どうしよう?」

「どうしようったって、いつまでも見張ってる訳にゃいかねぇし、番頭に訊いてみるしかねぇだろう」

そのためにお前を連れて来たのだと、涼太は律が止める間もなく信濃屋へ向かった。

「いらっしゃいまし」

番頭に丁寧に頭を下げられて、律はどぎまぎした。昼間から男女で旅籠の暖簾《のれん》をくぐるなど、夫婦でなければ逢引と思われてもおかしくない。

「私は神田相生町の葉茶屋、青陽堂に勤めている涼太という者です。こちらの女中さんにちょっと用があって参りました」

「うちの女中ですか？」

「ええ。どうも、このお律さんの探してらっしゃる方じゃないかと思いまして」

「探してらっしゃる……？」

「丸髷《まるまげ》で細面の方です。年も背もお律さんと同じくらい。先ほど三間町《さんげんちょう》でお見かけしたんです。前に見せてもらった似面絵とあまりにもそっくりだったから、思わず追ってしまいました」

「似面絵といいますと？」

返答に困った律の代わりに涼太が応える。

「お律さんの父上が懇意にしているお医者さまが、ある女性に命を助けてもらったそうです。その女性は名乗らずに去ってしまわれましたが、助けられたお医者さまは、できればその方を探し出し、命の恩人へ是非お礼がしたいと望んでおられるのです」

よくもまあ、そんな嘘を次から次へと……

呆れるやら可笑しいやらだが、それが顔に出ぬよう律は苦心した。

医者、命の恩人、礼……などという言葉が効いたのか、番頭は微笑んだ。

「そちらさんが仰っているのは、おそらくお結《ゆい》のことではないかと思います。今呼んできますのでお確かめください」

番頭が奥に消えてから、律ははたと思い当たった。

恵明の初恋話はもう二十年も前のことで、似面絵も当時の弓のものである。

「ちょっと涼太さん、いくらなんでも人違いじゃ？　だって私と同じ年頃なんて——」

「でも本当に似てるんだ。本人じゃねぇのは確かだが、娘ってことは大いにありうるぜ」

はたして番頭が連れて来た女中の顔は、律が描いた似面絵に酷似していた。違っているのは髷だけで、丸髷と口元から覗いた鉄漿《かね》から、結が既に人妻なのだと判った。

「そのような人助けは身に覚えがありませんが……」

言い澱《よど》む結を、番頭に断って近くの茶屋へ連れ出した。

なるほど、こういうことも、女の己が一緒でなくてはできないに違いない、と律は思った。

涼太がどんなに言葉巧みに誘おうと、人妻が昼間から男と茶屋へ行くなぞ承知すまいし、雇い先も許すまい。

ううん、もしも女の人だけだったら……

見ず知らずでも、人妻でも、涼太のような男の誘いなら喜ぶ女もいるかもしれないと律は思い直した。

茶屋で三人分茶を頼んでから、涼太は結に正直に打ち明けた。

「すみません。実はあれは作り話なんで」

「えっ？」

「でもお結さん、お身内にお弓さんて方はいませんか？　お母さまか叔母さまか――」

「弓は母の名前ですが……」

驚いた結の顔を見て、涼太は得意げに律に目配せした。

事情を洗いざらい話すと、結はようやく笑みらしきものを見せた。

「そうでしたか。びっくりしましたよ」

「私も驚きましたよ。どこかで見かけた顔だと思ったんで気になりましてね」

「そんなに似ているなんて、その似面絵はよほどいい出来だったんですね」

「なんならお見せしましょうか？　このことを伝えれば恵明先生だって――」

結が顔を曇らせたので、律は涼太の背をつねって黙らせた。

口はつぐんだものの、涼太には理由が判らぬようだ。だが、結の目を見ただけで律は自分たちは招かれざる客なのだと悟った。

結は恵明を――母には昔好いた男がいたということを――知っているのではないか？

そしておそらく弓は、恵明との再会を望んでいないのだろう。

「お弓さんは植木屋さんに嫁がれたと聞きました」

涼太の代わりに律が話しかけた。

「ええ」

「お幸せに暮らしていらっしゃるのでしょうね？」

律の問いの意図を、結は上手く汲み取ったようだ。ゆっくり微笑んで結は応えた。

「父は十年も前に亡くなりましたが……仲の良い夫婦でした」

「よかった。勤めの合間にすみませんでした。そろそろお暇しますので」

腑《ふ》に落ちないといった顔の涼太を急かして、律たちは茶屋を出た。茶屋の前で一礼し、結は信濃屋へ戻って行った。

「先生は会いたがると思うぜ。互いに伴侶《はんりょ》を亡くしてるんだから遠慮はいらねぇだろう」

「お弓さんは会いたくないかもしれないじゃない」

律が言うと涼太は不満げに口を曲げた。

「昔振った男なんざ、今更興味はないっていうのか？」

「そうよ」

「冷てぇなぁ」

「そうかしら？」

よく気の付く涼太さんでも、やはり男と女では違うんだわ。

振った男に執着されるのはごめんだし、もしも袖にしたのが恵明先生なら、今更そんな男の顔なんか見たくもない——

「じゃ、私はここで」

ぷいと踵を返して歩き出すと、涼太が律の腕をつかんだ。

「おい、ちょっと待てよ」

「何よ」

慌てて手を振りほどいた律に、涼太はばつの悪い顔をした。

「俺はまだ届け物があるんだよ」

「それはご苦労さま」

「冷てぇなぁ……阿部川町《あべかわちょう》の店なんだ。ちょいと遠回りになるけどよ、すぐに終わるから一緒に帰らねぇか？」

「……いいけど」

ここで断るのも大人げない気がして頷いたものの、つかまれた後の腕が気になって、ろくに話もできず律はうつむいて涼太の横を歩いた。

「そんなに急がなくてもいいんだよ」

「だって、遅くなったからお店が心配してるでしょう」

「平気だ。お前を連れに戻った時、尾上へ届け忘れたものがあるって言ってきたから」

尾上というのは、先日保次郎が連れて来た女・綾乃の家が営む料亭だ。

「……じゃあ、尾上への届け物で浅草へ行ったの？」

「ああ。おととい、娘さんと女将さんが店に来て、あれこれ注文してくだすったんだ。あっちの客に気に入ってもらえたら、これからはうちで仕入れてくれるだろう」

「そう……よかったわね」

「うん。思ったより大きな店で、今は日本橋の店から茶を買ってるらしい。茶葉の質は負けちゃいねぇから、上手く鞍替《くらが》えしてくれりゃいいがな」

にやりと笑った涼太は本当に嬉しそうで、律もようやく微笑むことができた。

日本橋の店、というだけで人々は目を輝かせる。橋の両側、北は十軒店《じっけんだな》辺りから室町《むろまち》、南は銀座町の向こうまで、買い物客で溢れる通りは一日ではとても回り切れないほど賑わっている。青陽堂はそんな日本橋界隈の店にも引けを取らぬといわれているが、涼太はどうも「日本橋」に対抗心を抱いているようだ。

「青陽堂はますます繁盛しているものね。町の者として誇らしいわ」

「ありがてぇ」

それは本心だったが、青陽堂というよりは涼太が、町の者としてではなく幼馴染みとして誇らしく思っているのは秘密だ。

奉公人とのやり取りから仕入れの工夫など、涼太の話を聞きながら帰る道のりは、かつての指南所での日々を思い出させる。香が一緒の時は他愛ない話に始終するのに、風邪などで香がいない時の涼太は何故か、店について話すことが多かった。

商売熱心なのはよいことだと感心する反面、話の合間に何度も綾乃の流し目が頭に浮かんできて律は困った。

涼太さんはいずれ、青陽堂の主としてふさわしいお嫁さんを迎える……

それは綾乃ではないかもしれないが、彼女に劣らぬ身分と容姿を備えた女だろうと律は想像した。

それならそれでよい、とも思う。

むしろ相手が己に似た境遇だったら、女にひどく嫉妬してしまいそうだった。

相生町の手前の佐久間町《さくまちょう》へ入って少ししたところで、一軒の店の前でじっと佇《たたず》む慶太郎を見つけた。

「慶太！」

屈託ない声で涼太が名を呼ぶと、慶太郎が振り向いた。

「涼太さん。——姉ちゃんも」

驚いた様子で二人を交互に見やった慶太郎に、内心の動揺を悟られぬよう律は言った。

「ちょっと用があって浅草に行ってたのよ」

「浅草に？」

「恵明先生の用事よ」

「恵明先生の？」

「そうよ」

姉の威厳と共に言い放ってから、律は慶太郎が覗いていたのが菓子屋だと気付いた。大福と草餅の他、焼印を押した白い饅頭がある。

「菓子に見とれてたのか。どれがいいんだ？　どれでも好きなのを頼みな」

涼太が言うと慶太郎の顔がぱっと輝いた。それを見た律の胸は痛んだが、抑えきれない苛立ちから涼太と慶太郎の間に入った。

「いいんです。さ、慶太、帰ろう」

「なんだよ、お律。いいじゃねぇか。饅頭くらい」

「そんないわれはありませんから。甘やかさないでください」

「甘やかすって、たかだか饅頭一個じゃねぇか。そうだ。先生のところへも持って行こうぜ。茶にもちょうどいい頃合いだろう」

「一個でも心がけの問題なんです。それに涼太さんは、今日はもう充分油を売ったんじゃありませんか？」

ひねくれたことを言っているのは承知していた。いつもなら一言礼を言って涼太の厚意を受け取っただろう。

いつもなら……

判っているのに引っ込みがつかなくなって、律は慶太郎の手を取るとそのままずんずん歩き出した。

「お律」

「もう帰りますから」

「お弓さんのことはどうすんだ？」

涼太の言葉に振り向くと、律はぎゅっと、慶太郎とつないだ手に力を込めた。

そうしないと、何故か泣き出してしまいそうだった。

「どうするって……今更どうしようもないでしょう」

できるだけ素気《そっけ》なく応えてから、律は踵を返した。

慶太郎は困惑した様子だが、察したのか黙って律に引かれるままついて来た。

涼太が追って来る気配はない。

「姉ちゃん、手が痛いよ」

一町も歩いてから慶太郎がそっと言った。

「ああ、ごめん。寒かったからつい……」

――慶太郎にも涼太さんにも悪いことをした。

八つ当たりめいたことをした己が恥ずかしかった。月のものがきている訳でもないのに、どうしてこんなにもむしゃくしゃするのか。

いつの間にか、弓と自分を重ねていたのかもしれなかった。

でも……私が勝手に思い込んでいただけだわ。

弓には弓の想いと考えがあり、もう二十年も前に恵明との別れを決意したのだ。

「……ごめんね慶太。お饅頭は明日買ってあげる。たまにはいいわよね」

罪悪感から慶太郎にそう言うと、慶太郎は一瞬きょとんとしてから微笑んだ。

「いいよ。おまんじゅうはもうあるんだ。恵明先生にもらったんだよ。さっきのは焼印を見ていただけ」

あの菓子屋の紋なのか、丸に一つ石の簡単な焼印だった。

「丸と四角じゃつまんないよ。おれだったら鳥とか花にするのに」

「そうねぇ」

「帰ったらおまんじゅう食べよう。姉ちゃんにも半分あげる」

「……いいのよ。慶太がもらったんだから、慶太が全部お食べ」

律の応えに慶太郎は少し困った顔をした。

「でもね、じゃあね、一口あげる」

饅頭をあげる以外に、どう姉を慰めたものか判らぬ様子だ。

「じゃあ遠慮なく一口だけもらうね。——ありがとう、慶太」

律が微笑むと慶太郎もてへへと笑って、先導するように早足になった。

七

律と涼太が浅草へ行った七日後に、恵明が長屋へ今井を——というよりも、律を——訪ねて来た。

その合間も今井の家で、涼太と、また時には保次郎を交えて茶を飲むことがあったが、涼太も律も浅草に行った日のことには触れず、他愛ない世間話をして過ごしていた。

今井に呼ばれて行くと、恵明が両手をついて額をこすらんばかりに頭を下げた。

「お律さん、頼む」

その横で、涼太がばつの悪い顔をしている。

「先生、困ります。お顔を上げてください。一体どうなすったんですか？」

「それが……そのぅ……」

大の男が歯切れ悪く身を縮こめた。

涼太が茶を淹れる間に、恵明は二日前、涼太と共に結を訪ねて行ったことを白状した。

「どうして……」

じろりと涼太を見やると、涼太が慌てて手を振った。

「俺じゃねぇ。慶太が——」

「慶太郎が？」

「そこは私にも、ちと責めを負うべきところがあってな……」

今井までもがやや困った笑みを浮かべて言った。

どうやら慶太郎は律と涼太が喧嘩をし、その原因が「お弓さん」という女にあると思い込んだらしい。指南所からの帰り道に慶太郎からそう相談された今井は、律には内密に涼太から話を聞き出した。そして弓の娘を見つけたことを知ると、つい恵明に伝えてしまったのだという。

「まったく口が軽いったら」

「口止めされた覚えはねぇぜ」

開き直って口を尖らせながらも、涼太は茶碗の載った盆を律に差し出した。

「面目ない」

すまなそうに今井が言い、恵明も目を落とした。

律は茶を一口含んで背を正すと、恵明に問うた。

「じゃあ、お弓さんにお会いになったのですか？」

「それは……」と、恵明はますます小さくなった。

「それがどうも、お結さんの不興を買ってしまったようでね……」

今井が頬を掻きながら代わりに応える。

「どういうことなんですか？」

なんとなく事態は察せられたが、男たちに灸《きゅう》を据える意味も込めて律は問い返した。

遠くから一目眺めるだけでいいと、涼太の案内で信濃屋へ行った恵明だったが、結を目にした途端欲が出て、結に話しかけ、弓に会いたいと頼み込んだという。

「旦那と死に別れたと聞いていたから、もしも暮らしに困っているようなら、私がなんとかしてやりたいと――」

「それをお結さんに言ったんですね？」

「……だってお結さんの口ぶりからすると、お弓――さんは一人暮らしで、内職で細々と身を立てているようなんだ。幼馴染みとしては助けてやりたいと思うじゃないか……」

恵明は厚意から申し出たことなのだろうが、結にはその先の「好意」も透けて見えていたのだろう。「母は物乞いではありません」と、ぴしゃりと断られたようだが、恵明は諦め切れぬ様子である。

無理もない、と律でも思う。

結は若い頃の弓にそっくりだ。結を目の当たりにして、昔の恋情が戻ってもおかしくはない。だが同時に、だからこそ結は弓に伺うことなく即座に断ったのだろうとも推察した。

老いて衰えた姿を、昔の男に見られたい女がいるもんですか……

暮らし向きが相手より劣っているなら尚更だ。

腹が立つやら呆れるやらの律を察してか、恵明も涼太も気まずそうに黙ったままだ。

「未練というのは女性だけのものじゃない。こと色恋に関しちゃ、男の方が未練がましいことがままあるのさ」

苦笑交じりの今井の言葉に気を取り直し、律は恵明の方を向いた。

「——それで、私は何を頼まれたらいいんでしょう?」

律からもう一度、結に頼んで欲しいのだと恵明は言った。

会いたくない、と弓から直接言われた訳ではない。結から母親に話してもらって、その上で弓が会いたくないというのなら諦めがつく、と。

それはそれで判らなくもなく、律は恵明の頼みを請け負った。恵明には慶太郎のことで恩があるし、今井の友人としてもないがしろにはできない。

恵明には後日首尾を知らせることにして、翌日、律は涼太と共に再び浅草へ向かった。

一人で大丈夫だと律は主張したが、「俺が始めたことだ」と涼太は譲らなかったのだ。

「それにお律一人じゃどうも心許《こころもと》ねぇ」

「どうしてよ? 女同士の方が話しやすいのに」

「だってお前は、お弓さんが先生に会わなくても仕方がないと思ってるだろう?」

ずばり言われて律は思わず涼太を見つめた。

「――そうよ。だって……私にはなんとなく、お弓さんの気持ちが判るんだもの」

「俺にはなんとなく、先生の気持ちが判るんだよ。だから俺は、先生に味方するためについて行く」

「戦《いくさ》や喧嘩じゃあるまいし……」

呆れながらも、いつになく真面目な涼太の眼差しから、己や結とは形は違えど、恵明も涼太も弓を労りたいと思う気持ちに変わりはないのだと律は気付いた。

「……侮《あなど》らないで。先生の気持ちはちゃんと伝えるから」

「ならいいけどよ」

ぶっきらぼうに応えて、涼太は黙り込んだ。

――番頭に呼び出された結は、律たちを見て溜息をついた。

「いい加減にしてくださいよ。こっちは雇われの身なんですから……」

「どうもすみません。お手間は取らせませんから」

「それならここでお願いします。お茶を飲んでる暇なんかないんですよ」

つんとして結が言うので、勝手口での立ち話となった。

「恵明先生は悪いお人じゃありません」

単刀直入に律は切り出した。

「そりゃそうでしょうよ。仮にも偉いお医者さまなんですから」

結の嫌みを聞き流し、律は続けた。

「先生はお弓さんを本当に好いていました。お嫁さんに迎えたいと、本気で思ってらしたんです。ご両親に反対されましたが、懸命に説得を続けられたんです。でもその間に残念ながら、お弓さんは他の方に嫁いでしまわれました」

「煮え切らない男のために、娘盛りを無駄にすることたないですからね」

「ええ」

律が肯定すると、結は初めてまっすぐ律を見た。

「私はお弓さんの選んだ道が間違ってたとは思いません」

「おい、お律……」

「でもそれを、お弓さんの口からお聞きしたいんです。あんな男は袖にしてよかったと、いつまでもしつこい男だと、お弓さんの口からお聞きできれば、私から説いて先生にはきっぱり諦めていただきます」

律が言い切ると、結は一瞬黙ってから口元を緩めた。

「——お律さんだったわね。判ったわ。母の居場所を教えてあげる。今時分なら家にいるから訪ねて行くといいわ。でも、教えるのはあなたにだけよ。訪ねるのもあなた一人で行くと約束して。判らず屋につきまとわれるのはごめんだもの」

「お約束します」

結の台詞《せりふ》に涼太はむっとしていたが、先日男二人で押しかけたことを考えるとそれもやむ無しと判じたようだ。

「……私はあちらの茶屋で待ちますんで」

長身を折り曲げて一礼すると、律たちが声をかける間もなく、涼太は踵を返して早足で茶屋へ歩み去った。

「あの人はあなたの許婚《いいなずけ》なの？」

「いいえ、ただの幼馴染みです」

「そう……」

毅然として応えた律へ、結は少し目を伏せた。

一瞬、憐れまれたような気がしたが違ったようだ。

「母の家はここからそう遠くないわ。三間町の裏長屋に住んでてね……」

長屋への道のりを告げる結の声にはむしろ、励ましと取れる温かさがあった。

八

玄関先で手短に事情を語ると、弓は律を招き入れた。

「まあ、お上がんなさいな」

「ありがとうございます」

弓の住む三間町の裏長屋は、同じ九尺二間でも今井の家より広く感じた。物が少ないのは一人暮らしだからだろうが、女の家にしてはさっぱりし過ぎている。

恵明と同い年の弓は、痩せている分、同じ年頃の涼太の母——青陽堂の佐和や、池見屋の類よりも老けて見えた。しかし往年の愛らしさは中年となってもまだ充分残っている。

弓は縫い物の内職をしているらしい。土間から部屋へ上がる時、律は弓の右足が悪いことに気付いた。

「四年前に痛めちゃってね。それまでは私も娘と一緒に信濃屋に勤めてたんだけど、今は朝のうちだけ近くの豆腐屋さんを手伝って、あとは繕い物をして過ごしてるのよ」

だから暮らしに不自由はしていないのだと言いたげである。しかし出されたのは茶ではなく白湯《さゆ》だった。律だからけちったのではなく、贅沢をする余裕まではないのだろう。

「恵明さんのことは聞いておりますよ。上野はそう遠くありませんしね。立派なお医者さまになられたようで」

「はい。お弟子さんにも恵まれて……うちの弟も先生を慕っております」

「弟さんもお弟子さんなの？」

「いえ、弟はまだ十にもならない洟《はな》たれ小僧ですから、たまに雑用や遣いを頼まれているだけです。でも先生はよくしてくださいます」

今思えば弓の似面絵も、律や慶太郎の窮状を察してのことではなかったろうか。いわれのない「小遣い」は受け取らないが、「似面絵の代金」なら律も躊躇《ためら》わない。

「悪い人ではないから、意地を張らずに会ってみろ、と？」

「そうではありません。……悪い人じゃないから困る、ってこともあるでしょう。でも先生の、お弓さんの力になりたいと思う心に嘘はないんです。お金のことをあからさまに口にしたのは、浅はかだったと思いますけど」

律が言うと、弓はようやく険を緩めた。

「今になって……なんなのかしらね、男の人って。いい迷惑だわ」

呆れ声だが嫌悪は感ぜられなかった。

「それならそのように先生に伝えます。先生はただ、お弓さんの気持ちを確かめたかっただけなんです」

恵明の言ったことを伝えると、弓は今度は微笑んだ。愛らしい顔立ちからはやや意外な、四十代の女の貫禄をともなう艶やかな笑みであった。

「私の気持ち？　自惚《うぬぼ》れるのもいい加減にしてと伝えてちょうだい。あの人との惚れた腫れたはもう二十年も前に終わってるわ」

「……でも一度は夫婦《めおと》になろうと思った方なんでしょう？」

「あの人が勝手に言っていただけ。あの人のおっかさんは私のことをよく思っていなかったし、私もあんな人が姑《しゅうとめ》なんてごめんだった。あの人とは家が近かったから仲良くなったけど、うちは職人、向こうは医者で、釣り合わないことは初めっから判ってた。でも私も若かったからね。なかなか踏ん切りがつかなかったのよ。もう少し、もう少しで夫婦になれるからってあの人が言う度に、じゃあ私ももう少し、もう少しって別れを先延ばしにしてた。でも二十歳過ぎて年増になったら、そうも言っておられなくなってね。親にも妹にも後がつかえてるからとせっつかれて……」

ではやはり、振ったのは恵明を嫌ったからではなく、家の事情がそうさせたのだ。

「……それで植木屋さんに嫁がれたんですか？」

己にはその資格はないと承知しながらも、どことなく非難と憐憫《れんびん》が交じった口調になってしまった。弓にも通じたようで、弓は少し困った笑みを浮かべた。

「そうよ。父の友人が仲立ちになってくれてね。でも夫のことは悔いちゃいないわ。夫は無愛想だったけど、私のことは心から大事にしてくれた。舅《しゅうと》も姑もいい人で、今でも一緒に夫の墓参りに行くのよ。一男一女に恵まれて、息子の方は深川の義兄のもとで植木屋の修業をしているわ。ただあんなに早く、夫に先立たれたことだけは残念だけどねぇ」

「そうですか」

悔いはない、と言った今の弓の言葉を伝えれば、恵明は納得してくれるだろう。もちろん袖にした理由は伏せて、だ。

だけど、先生を嫌ったからじゃないのなら……

恵明のためではなく、己のために問いたくなった。

「あのぅ」

「まだ何か？」

「……男の人としてじゃなく、幼馴染みとして、先生に会いたくはないんですか？」

「幼馴染み？」

束の間戸惑い、弓は逆に律に問うた。

「ねぇ、もしかして、あなたにも男の幼馴染みがいるんじゃないの？」

「……ええ」

「何をしている人？」

「葉茶屋で……手代を」

「初めはあなたと、二度目は恵明さんと結を訪ねた人ね。神田の青陽堂にお勤めの」

結から話を聞いていたらしい。

「今日で三度目です。お結さんとの約束でここへ来たのは私だけですが、信濃屋の前の茶屋で待っているんです」

「今でも仲良しなのね」

「仲良しではありませんが、時々、一緒にお茶をいただきます」

言ってから慌てて付け足した。

「指南所の先生のところでいただくんです」

「手代なのに随分勝手が利くのね。青陽堂は奉公人に甘いのかしら？」

「……その人は奉公人じゃありません」

それだけで弓は涼太の身分を察したようだ。

二人の間に沈黙が降り、気まずさを紛らわせるため律は白湯をゆっくり口に運んだ。

冷えかけている茶碗を両手で温めるように膝に置き、律は言った。

「あの人はいずれ店を継ぎ、あの人にふさわしいお嫁さんを娶られるでしょう。そしたらきっと、私が一緒にお茶をいただくこともなくなります」

あの人、と涼太を呼んだのは初めてだった。

弓が恵明をそう呼んだ時には時を超えた二人の絆を感じたのに、己の言葉は逆に涼太を遠ざけた気がした。

「あなたはどうするの？　どこにも嫁がないの？」

「私は……嫁ぐかもしれないし――ずっと独り身かもしれません」

「親御さんはなんと言ってるの？」

「母は五年前、父は二月ほど前に亡くなりました」

「そう……」

痛ましげに弓は眉根を寄せ、火鉢の中の炭を返した。

「……あなたは似面絵師だと聞いたわ」

「似面絵はその……内職のようなもので、本分は上絵師です」

「そうなの？　結が恵明さんから見せてもらったそうで、びっくりしてたわ。まるで鏡を見ているようだったと」

「はあ……」

「でもいくら腕があるとはいえ、女手一つで暮らしを立てるのは大変でしょう？」

「はい。でも弟が独り立ちするまでは、私がなんとかするしかありません」

それだけははっきりと決めている。

「弟さんはまだ十にもならない子供なのでしょう？　独り立ちだなんだと言ってたら、あっという間に中年増、大年増よ」

「判っています」

「あなたは……その手代さんが好きなのではないの？」

弓の瞳が、まっすぐ律を見つめていた。

そこに宿る光が切なく見えるのは、弓が律に昔の己を見ているからだろうか。

「好きです」

口にした途端、言葉がすうっと胸に染み入った。

胸のずっと奥――秘め事だけが仕舞われている場所へと帰って行く。けして口にはすまいと考えてきた涼太への想いだったが、弓に漏らしたことは後悔していなかった。

「けれど、あの人が私を娶ることはありません。私もあの人には嫁ぎません」

「――そう」

「でも……」

微かな迷いが律の口をついて出た。

「でも?」

「いつか……五十路《いそじ》や還暦を迎えて、もしもまた二人とも独り身になっていたら……その時はもう一度、一緒にお茶を飲めたらいいなと思います」

昔のことを――例えば、今日のような日のことを――語りながら。

五徳の上の鉄瓶を取り上げ、弓は静かに律と自分の茶碗に白湯を足した。

ふうっと優しく息を吹きかけてから一口すると、弓はにっこり微笑んだ。

「五十路や還暦になったら、そういうのもいいわね」

小さく頷くと、律もほころんだ口元へ茶碗を運んだ。

「ねぇ、似面絵っておいくら? 今ここで描いてもらえるかしら?」

「矢立があるのでここでも描けます。お代は結構です。大事な仕事の邪魔をしているのですから。ああでも、紙がこれしか――」

目に留めた草花や鳥を描きとめられるよう、律は常から矢立を持ち歩いている。紙は矢立に巻き付けているのだが、下描き用だから慶太郎が書き方で使う紙と同じ安物だ。

「それで充分よ。それに今の私を描いてもらえる？」

「かしこまりました」

見たままを描くのだから楽なものだ。

紙を伸ばして筆を舐めると、律は弓の顔をじっと見つめた。

「年を取ったわ……もう二十歳の頃とは違うのよ」

「それは向こうも同じです。恵明先生ももう、二十歳の男の人じゃありませんよ」

律が言うと弓はやや拗《す》ねた顔をする。

「男の皺は貫禄だけど、女のそれはただの衰えよ。ずるいもんだわ」

「そういうものでしょうか？」

「そういうものよ」

「……恵明先生は、お年の割には白髪が目立つように思われます」

まだ黒々としている弓の髷を描きながら律は言った。

「あの人は昔っから若白髪だったもの」

「少しお腹が出ておられますが、その分顔の色艶がよくて」

「顔色の悪い医者なんて、患者が寄りつきゃしないでしょう」

「そうですね」

くすりと律が笑うと、弓も笑いながら頷いた。

「そうですとも」

出来上がった似面絵は、恵明に渡すよう弓から言付かった。

「こんなに似てるんだもの。これで充分でしょう」

「似面絵は所詮、絵に過ぎません。話しかけても応えてくれませんし……」

恵明のがっかりする姿を思い浮かべながら似面絵を懐に仕舞った律へ、弓は穏やかな声で言った。

「まあ……互いに五十路まで達者で——独り身だったら——その時はお茶でも馳走してもらおうかしら」

「先生に伝えます」

弓はわざわざ木戸まで見送りに出て来てくれた。

深く一礼してから、律は小走りに涼太の待つ茶屋へ戻った。

九

この寒いのに、涼太は外の床几《しょうぎ》に座って律を待っていた。

「涼太さん」

律が呼ぶと、涼太は律を見やり――ぎょっとした。

腰を浮かしかけたかと思うと、再び座り直す。

その目はどうやら、律の斜め後ろを歩いている男を盗み見ているようである。

手招いて律を床几に座らせると、涼太は逆に立ち上がった。

「芳《よし》さん！　私です。涼太です」

にこやかに笑って涼太が近付いて行った男は細面で、ほっかむりから覗く髭跡が濃い。

身に着けている羽織と前掛けから、どこぞの番頭かと思われた。

「……どちらさまで？」

「ああ、すみません。人違いです。知り合いの番頭さんに似ていたのでつい……」

深々と頭を下げると、涼太は「ん？」と身体を折ったまま男を見上げた。

「ここに何か――」

「うん？」

涼太が指差した左顎へ男は手をやった。

「……ああ、こいつはただの古傷だ」

むっとして言う男の右目だけが二、三度瞬《またた》いて引きつった。

「それはどうも申し訳ありません」

今一度ぺこりと頭を下げると、茶屋の二軒隣りの居酒屋へ入って行く男の背を涼太はじっと見つめた。

「お律」

律の隣りに座りすっと耳元に口を寄せた涼太に、今度は律の方がぎょっとする。

「今すぐ番人を呼んで来い」

「えっ？」

涼太の真剣な声と眼差しを受け、律もはっとした。

あの男――

「広瀬さんの探してる男だ。もしかしたら、牛込の男と同じやつかもしれねぇ。俺はここでやつを見張る。お前は番屋へ走って――」

「判った」

短く応えて立ち上がると、律は裾《すそ》をたくし上げ、今来た道を走り始めた。

十

「いやぁ、いやぁ、涼太には世話になりっぱなしだ――」

いつになく陽気な保次郎が手にしているのは茶碗だが、中身は茶ではなく酒だった。

「広瀬さん、そろそろ酔い覚ましの茶を淹れましょう」

「む……すまんな涼太」

にこにこしながら茶碗を差し出す保次郎の頬は赤く染まっているが、飲んだ酒は二合に満たない。涼太は茶碗を受け取ると、流しで軽くゆすいで茶の支度を始めた。

「広瀬さんはいいけど、私ははらはらしたわ……」

律が言うのを背に聞きながら、すまないと思うと同時に嬉しくもある涼太だった。

――五日前の諏訪町で、律が呼んで来た番人を見て、男は居酒屋から逃げ出した。

涼太はとっさに飛びかかり、取っ組み合いとなった。

二発殴られたが、こちらも二発殴り返している。番人も加勢して無事に取り押さえた男は懐《ふところ》に買ったばかりの匕首を忍ばせていた。

男の名は菊蔵《きくぞう》で、浅草で旅人に強盗を働いたばかりか、涼太がとっさに思った通り、牛込で男女を殺した男でもあった。菊蔵はいわゆる「渡り中間《ちゅうげん》」だった。そういった者の中には「待遇が悪い」と三月《みつき》も経たずに辞める者もいる。ゆえに牛込の勤め先は、菊蔵が突然姿を消してもさほど気にしていなかったようだ。

菊蔵が男女を殺した理由は痴情のもつれだが、それは菊蔵自身のものではなかった。

「博打の借金のかたに、他人の人殺しを請け負ったそうだ」と、保次郎が言った。

殺しは初めてで、菊蔵はとりあえず仲間のいる浅草へ逃げた。江戸を離れるにも金がいるため旅人と思《おぼ》しき者を襲って財布を奪ったものの、綾乃に顔を見られてしまった。その足で発《た》とうとしたのだが、仲間に誘われ、これで最後と賭場《とば》へ向かった。

その賭場で菊蔵は大当たりを出した。

懐が豊かになると肝も据わってきて、江戸を去るのが惜しくなった。着物を替え、ほっかむりをすれば奉行所の目は誤魔化せそうだったが、綾乃は違う。

探し出して、口封じすべきか迷っていた、と菊蔵は白状した。

綾乃の身なりから、おそらく裕福な商家の娘だと踏んだ。顔立ちも整っていたことから、近くの大店を当たれば見つけられないことはないと菊蔵は考えた。そのことを相談しようと仲間と待ち合わせたのが、例の居酒屋であった。

菊蔵の右目は、興奮や苛立ちを覚えると引きつって細くなるようだ。綾乃が見たという左顎の傷を確かめるために涼太が鎌をかけると、菊蔵は手ぬぐいの上から傷に触れた。その時菊蔵の右目が引きつったのを見て、涼太の中で二つの似面絵が重なった。

菊蔵がお縄になった後にやって来た仲間も捕えられ、その仲間の口から詐欺や強盗を始めとするいくつかの悪事が明るみになった。なんと仲間の男は賭場とつるんで菊蔵をわざと勝たせ、のちに身ぐるみ剝いでから再び人殺しをさせるつもりだったという。

二つの事件を解決し、悪人仲間をも捕縛した手柄によって、保次郎は南町奉行の遠山景元《とおやまかげもと》から金一封を賜《たまわ》った。同様に涼太にも言付かったというので、今日は酒を携えて青陽堂までやって来たのである。

涼太が受け取った包みには小判で一両が入っていた。

「お律、あいつが見つかったのはお前の似面絵のおかげだ。だからこいつは俺とお前で半分こにしよう」

半分なら受け取ってもらえるのではないかと期待したが、律は首を振った。

「ううん。似面絵の分はもうもらったもの。あれは涼太さんの手柄だわ」

「本当に涼太はすごいなぁ。よく――よく覚えていてくれたなぁ……」

しきりに感心しながら、保次郎は涼太の差し出した茶碗を受け取った。

「お律の手柄はお弓さんのことだ」と、今井が微笑んだ。

律から話を聞いた恵明は「五十路まではとても待てぬ。明日死したらどうするのだ」と結を通じて頼み込み、弓を三間町《さんげんちょう》の茶屋へ連れ出すことに成功していた。来月もまた会う約束を既に取り付けてあり、その際には青陽堂の茶を手土産としてくれるらしい。

あの押しの強さが二十年前にあれば、二人は夫婦になってたかもな……

「お律。お前はけして早まるでないぞ——と、恵明からの言伝だ」

「はあ……」

律はぴんとこない様子だったが、ほろ酔いの勢いもあって涼太は大きく頷いた。

「まったくだ。急ぎ嫁ぐと後で悔やむ羽目になるぞ」

「そうかしら？　お弓さんは悔いてないと言ってたわ」

「え？」

「きっとあれはあれでよかったのよ。今だから言えることかもしれないけど……それに私はどこの誰にも嫁ぐつもりはないわ。上絵師としてちゃんと身を立ててみせます」

「それとこれとは……」

話が違う。

言いかけた涼太をよそに保次郎はうんうんと頷き、目を細めた。

「そうとも。お律さんなら上絵師としてすぐに大成されよう」

「ありがとうございます、広瀬さん」

「しかしそれまでは、似面絵の方もよろしくお頼み申す」

「もちろんです。こちらこそよろしくお願いいたします」

二人が頭を下げ合うのを見やって今井が苦笑を漏らした。

「さて……そろそろ行かねば日が暮れてしまう。片付けは二人に任せていいかい？」

立ち上がって今井は壁にかけてあった羽織を着ると、保次郎をうながした。

今夜は恵明のところで飲み明かすという今井に、涼太は残っていた酒を持たせた。千鳥足ではないが、赤ら顔のままの保次郎は今井が途中まで送って行くことになった。

片付けをすませて今井の長屋の戸締りをすると、涼太は問うた。

「お律、さっきのは一体どういう意味なんだ？　その、どこの誰にも――」

「涼太さん、ちょっと来て」

涼太の言葉を遮《さえぎ》り、律が隣りの己の家へ手招いた。

土間へ入ると律が横から急いで引き戸を閉める。涼太はどきりとしたが、律はお構いなしに涼太をあがりがまちに促した。今井宅での茶に誘うため、律の家は何度も覗いたことのある涼太だが、二人きりで中にこもるのは初めてである。

高鳴る胸のうちがばれやしないかと慌てた涼太へ、律が一枚の似面絵を差し出した。

「これを見て」

ひどく稚拙《ちせつ》な筆だが、人の顔には違いない。

「これは……？」

「おとっつぁんの矢立と一緒にあったの。この男がおそらく、おっかさんの仇なのよ」

囁《ささや》くように言った律と目が合って、甘い想いは吹き飛んだ。

「涼太さんは人の顔をよく覚えているでしょう。届け物で外出も多いし……だから……もしもこの男を見かけたら――」

「――判った」

右目の上にほくろらしきものがあるうりざね顔。髷の形からようやく男だと判るくらいで、いくら涼太でもこれだけで識別は不可能だ。

だが律に「できぬ」とは言いたくなかった。

律自身、無理を承知で頼んでいるのだろうし、怪我をおしてこれを描いた亡き伊三郎の執念を――愛妻への想いを――無下にしたくもなかった。

「もしも見つけたら、必ず知らせる」

「ひどい絵でしょう？　おとっつぁん、手に怪我してたから……この絵のことは誰にも知られたくないの。慶太にも、先生にも」

「誰にも言わねぇよ。約束する」

きっぱり言うと、律はほっとしたように頷いた。

似面絵を丁寧にたたみ、簞笥の奥へ仕舞う律に涼太は今度はおずおずと声をかけた。

「……なあ、それでさっきの――」

「さっきのは言った通りよ。上絵師として早く身を立てて、慶太を一人前に育てなきゃ」

「それはつまり――」

「くどいわ。もういいでしょう、この話は」

くどかった……ろうか？

表通りから別れの挨拶をする慶太郎の声が聞こえて、涼太と律は慌てて立ち上がる。大人が酒盛りしている間に、慶太郎は近所の子らと湯屋へ行っていたのだ。

律と引き戸の外へ出たところへ、慶太郎が小走りに帰って来た。

「よう、慶太」

「涼太さん」

「湯冷めしないように、早く中へ入りな」

「うん」

「じゃ、俺はここらで……」

「ええ、おやすみなさい、涼太さん」

「……おやすみ」

律の本心がどうも涼太にはよく判らない。

はっきり言われたことはなくとも、己は律に好かれていると思っていた。だがそれはただの自惚れだったのかと、木戸をくぐりながら涼太は考え込んだ。

――しつけぇ男はそれだけで嫌われんぜ……

先だって勇一郎が、同じ跡取り仲間の則佑に言った台詞が思い出される。

涼太自身もしつこく言い寄ってくる女には辟易《へきえき》する。

が、恵明は押して成功した例といえなくもなかった。

――押すだけじゃあ芸がねぇ。一度きっぱり引いてみな。それで駄目なら次だ、次……

「うるせぇ」

つぶやいて涼太は勇一郎の声を追いやった。

次はいねぇし、欲しくもねぇ。

不貞腐《ふてくさ》れながら店へ戻ると、丁稚の一人と目が合って、涼太は慌てて笑顔を作った。

十一

「へぇ……」

律が広げた布を見て、池見屋の女将・類は口の端を緩めた。

三尺の蒸栗色の布を縦に使い、右下に上向きに咲いた深緋《こきひ》の花が三輪、つぼみが二つ、海松色《みるいろ》と鶯《うぐいす》色を使い分けた葉の合間には淡雪が残っている。

「寒そうだね」

それだけか……

自分では会心の出来だと思っていただけに、律はうつむいて微かに唇を噛んだ。

だが素気ない評とは裏腹に、類はくすりと笑って手代を呼んだ。

手代が持って来た衣裳盆には、二尺ほどの布と筆描きされた椿の絵が載っている。

「これがなんだか判るね？」

「巾着《きんちゃく》ですか？」

仮縫いの跡から、まちのある巾着だと律は見た。

「そうだよ。——雪はいらない。細かい色合いは任せるけど花は赤。表はここまで、裏はここから、この絵の通りに描くんだよ」

下描きと布を交互に指差しながら類が言った。

仕事をくれるのだ。

巾着一つだが、羽織でもないのに仮縫いまでするほど物にこだわる客なのだ、と律は踏んだ。布も、色こそ腕試しに渡された物と同じ蒸栗色だが、綿でも織りの細かい至極上等な物である。

「ありがとうございます」

「まちがあるからね。縫い目をよく見て、しくじるんじゃないよ」

「承知いたしました」

深々と律は頭を垂れた。

あの日——

涼太に言われて律は番屋へ必死で走った。

番人と戻って来てすぐに始まった取っ組み合いはほんのひとときで決着したが、殴られた頬を押さえながら立ち上がった涼太に、律は思わず安堵《あんど》の涙をこぼしそうになった。

それをこらえることができたのは、弓と話をしたからだ。

己の気持ちを認め——その上で仕舞い込むことを決意した。生涯「幼馴染み」でいる以上、二度と涼太に「女々しい」姿を晒したくはない。

これでいいんだ……

そう決めてしまってからは、己の手から手ぬぐいを受け取った涼太を見た時も、番人に事情を話したのちに二人肩を並べて帰った時も、律は心穏やかでいられた。

——残雪を抱く椿の絵を思いついたのはその夜だ。

手代が布と下描きをそれぞれ丁寧に巻き、風呂敷に包んで類に渡した。

一礼して手代が去った後、ぞんざいに風呂敷包みを差し出しながら類は言った。

「私は嫌いじゃないけどね」

「えっ？」

「この椿さ。こんなに寒そうなのに、花を落とさず上を向いてる」

腕試しの布を引き寄せながら、類はにやりとして律を見つめた。

「愛らしいだけの花なんか、つまんないからね」

「はあ……」

「こいつは私がもらっとくよ。ああ、手間賃は出さないよ。これは腕試しなんだから」

「承知しております」

「巾着はあさっての七ツまでに持っておいで。そこそこなら一朱、出来がよけりゃあ二朱までは出したげよう。七ツの鐘に遅れたらうちでは二度と使わないよ」

二朱もらえたとしても、二日分ではそこらの振り売りよりも実入りが少ない。

だが今の律に否《いな》やはなかった。

巾着でも仕事は仕事だ。ようやく踏み出せた一歩に律の胸は躍った。

「はい！」

力強く応えて、律は風呂敷包みを胸に抱いた。

第二章

母の思い出

一

ぶん回しを置いて、律は目頭へ手をやった。

八ツの鐘が鳴り始めたばかりであった。

紋絵の練習を始めて三刻が経っている。鐘が鳴り終えるのを待って律は立ち上がり、火鉢に炭を一片だけ足した。

呉服屋である池見屋から仕事をもらえるようになって一月が過ぎた。

といっても今のところ、池見屋が片手間に売っている巾着や櫛入れ、財布に袱紗《ふくさ》などの小物用の上絵ばかりで着物はまだ任せてもらえていなかった。

注文は女物が多く、おかげで花の絵は腕を伸ばしたような気がするが、紋絵のこなせぬ上《うわ》絵師《えし》は一人前とはとてもいえない。

五年前から四月ほど前まで、今は亡き父親の伊三郎に代わって、律が全ての仕事の仕上げをすませていた。その中には紋絵も含まれてはいたのだが、池見屋の女将・類は律の見本を見て、相撲の番付に例えて鼻で笑った。

「あんたはせいぜい平幕《ひらまく》。下手すりゃ十枚目だ。せめて関脇《せきわけ》くらいにならなきゃ、紋絵は頼めたもんじゃない」

思わず目を落とした律に、類は更に追い打ちをかけた。

「まあ、女にしちゃあ、悪かない腕だけどね」

ここ二月ほどの付き合いで、類の嫌みは励ましでもあると律にも判っているのだが、このような台詞《せりふ》は律の誇りを逆撫でするのに充分だ。

だが腹が立つのは、それが本当のことだからである。

もともと女の職人は少ないから、職人であるというだけでどこか甘えていたような気もする。そんな己を類は見抜いていたのだろう。ゆえに類の思う壺だと思いつつ、律は暇を見つけては紋絵の練習に励んでいた。

池見屋からもらえる仕事はまだ少量で、弟の慶太郎が雑事をこなしてもらう駄賃と合わせてようやく暮らしを賄《まかな》えるといった態《てい》である。かつての得意先を回ってみることもあったが、今のところ池見屋以外、律を使ってくれる呉服屋はなかった。

律の家は裏長屋でも間口二間奥行三間と、弟との二人暮らしには贅沢な広さだ。しかし数ある染料や張り枠、筆など、上絵師としての道具も多いから、片手間に他の内職をするというのもいささか難しい。またそれで本業がおろそかになっては元も子もないとは思うものの、十にもならぬ弟の駄賃を当てにするのはあまりにも情けなかった。

池見屋さんから、もう少し仕事をもらえるといいんだけど……

暮らしがかかっているため、ふとすると焦りと不安が膨れ上がる。そういった己の弱さが筆に出ているのではないかと、律はぶん回しを見ながら溜息をついた。

ぶん回しには細い筆がついている。紋絵のほとんどはこのぶん回しについた筆で描かれていて、その作業は普通の筆を使う絵よりもずっと細かく根気がいるが、律は紋絵を描くのも好きだった。小さくも精緻《せいち》な円の世界に没頭していると、つい時を忘れてしまう。

少し根を詰め過ぎた。

食べる間も惜しく、昼餉には朝に炊いた米を二口三口つまんだだけだった。隣人にて指南所の師匠である今井直之が、午後には上野へ行くと言っていたのを思い出し、律は肩をほぐしながら再び立ち上がって茶筒を手に取った。

今井が長屋にいない以上、茶を相伴《しょうばん》することはないからだ。

ほぼ毎日――少なくとも二日に一度は――八ツを過ぎると表店の葉茶屋・青陽堂から涼太がやって来て、今井の家で茶を淹れる。それは指南所から帰った今井を労《ねぎら》うためと、店で修業をする「若旦那」の涼太自身の息抜きのためだった。律がその恩恵にあずかっているのは、涼太が幼馴染みで、その昔、指南所で共に今井のもとで学んだからに過ぎない。

葉茶屋の跡取りだけに、涼太の淹れる茶は格別だ。同じ茶葉なのに何が違うのだろうと、常からの疑問を胸に、律は涼太の所作《しょさ》を思い出しながら五徳の上の鉄瓶を取り上げた。

と、表から慶太郎の声が聞こえてきた。

「こっちだ。さあ」

いくつかの小さな足音が続いて、引き戸の前で止まった。

「ただいまぁ！」

「おかえんなさい」

元気一杯に引き戸を開いた慶太郎に、律は微笑んだ。

「あのね、友達連れて来た」

「友達？」

慶太郎の後ろに見える兄妹《きょうだい》には見覚えがない。

「えーとね、さっき友達になったんだよ。弥吉《やきち》と清《きよ》ちゃん。さあ、入んな」

兄の方は九歳の慶太郎と同じくらいで、妹の方はまだ五、六歳に見える。

「慶太郎の姉の律です。寒いでしょ。上がって火におあたんなさい」

律が言うと、兄妹は草履を脱いで部屋へ上がった。

二人とも袷《あわせ》の上に綿入れを着ていて身なりは悪くない。だが、贅沢をしていないここらの子供と比べても痩せていて顔色が悪かった。清は頬にぐずった痕が見られるものの、初めての家にあがったせいか、興味津々《しんしん》で辺りを見回す。

清が張り枠に手を伸ばすのを、慶太郎がやんわりとどめた。

「それは姉ちゃんの仕事道具だからさわっちゃだめ。姉ちゃん、上絵師なんだよ」

「うわえし？」

「着物に絵を描く職人なんだ。花とか鳥とか……きれいな着物の絵だよ。姉ちゃん、すごく絵が上手なんだよ」

でも着物はまだ、任せてもらえてないんだけどね……

自慢げな慶太郎の言葉が、気恥ずかしくも嬉しい律であった。

「ちょうどお茶を飲もうと思っていたの。ちょっと待っててね」

律が茶を淹れるのを弥吉と清はじっと見守った。清の茶は少なめにして、息を吹きかけ充分に冷ましてやる。それぞれに茶碗を渡すと、弥吉の腹が鳴った。慌てて茶をすすって弥吉は誤魔化したが、もしかしたら昼餉を食べていないのかもしれないと律は思った。

「お茶漬けでも食べる？　寒い中、お外で遊んでお腹空いたでしょ？」

「遊んでたんじゃないよ。弥吉たち、深川から来たんだから」

弥吉の代わりに慶太郎が応えた。

「え？　深川から二人で来たの？」

大人でも半刻、子供の足なら更に四半刻はかかろうかという道のりである。

「そうだよ。叔母さんに会いに来たんだよな？」

慶太郎が言うと、弥吉は小さく頷いた。

ならば、その叔母の家で昼餉をもらわなかったのだろうか。

律は内心訝《いぶか》しんだが、見上げた弥吉の瞳に不安が浮かぶのを見てただにっこりした。

どの家にも他の者には知らぬ事情が、大なり小なりあるものだ。

「それは大変だったわねぇ……」

空いている茶碗に手早く茶漬けを作って弥吉に渡す。茶漬けといっても梅干しを入れただけの質素なものだが、弥吉は早速《さっそく》一口すると、次の一口は清に食べさせた。交互に一言も話さずにあっという間に平らげてから、弥吉は恥ずかしげに口を開いた。

「ごちそうさまでした」

「ごちそうさまでした」と、清も弥吉を真似て言った。

「お粗末さまでした。……今日は叔母さんのおうちに泊まるの？」

「ううん。もう帰ろうと思ってたとこ。でも清がぐずって……」

「つかれてんだよ。まだ六つなんだからさ。帰る前に休んでいきなよ」

食べて落ち着いたからか、清は弥吉にもたれて眠そうだ。

「でもあんまりおそくなると……」

「こんなんじゃ清ちゃん、歩けないよ」

そう言って慶太郎はさっさと自分の綿入れを清にかける。慶太郎の「兄さん」ぶりが可笑《おか》しいが、笑い出すほど無粋ではない。どういった事情があるのか知らないが、慶太郎は自分の意志でこの二人をもてなそうとしているのだ。

「それに食べたばかりじゃあないの。少しでいいから休んでいきなさいな」

「……うん」

兄妹二人だから……同情したのかしら。

道端で清にぐずられて困っていた弥吉へ、慶太郎から声をかけたという。

清が横になっている間、慶太郎と弥吉は火鉢にあたりながら、互いに近所で流行《はや》っている遊びを話し始めた。律は時折相槌《あいづち》を打つにとどめたが、二人の話から、弥吉たちの父親が病で亡くなっていること、母親と三人で深川の裏長屋で暮らしていること、母方の叔母が相生町の隣りの仲町《なかちょう》に住んでいて、時々訪ねることがあることなどが判った。

母親は仕事に出ているようなのだが、弥吉はあまり家のことを語りたがらない。慶太郎もそれを察してか、以前律が写した道中双六《すごろく》を持ち出してきたので、律も交じってしばらく三人で遊んだ。

――やがて七ツの捨鐘が聞こえてきて、弥吉はそっと清を起こした。

「もう帰るよ」

一瞬、清は泣き出しそうに顔を歪めたが、兄の顔を見てすぐに微笑んだ。

「おっかさんも、かえってるかな?」

「ああ、もういいかげん帰ってんじゃないか。だからおれたちも帰らないと」

あがりがまちで弥吉が清に草履を履かせている間に、慶太郎が簞笥の引き出しを開けた。下の二段は慶太郎のもので、着物の他、玩具や文箱《ふばこ》などが仕舞われている。文箱を探って、慶太郎は小さな紙袋を取り出した。

「これあげる」

先日医者の恵明から、慶太郎が雑用の駄賃と共にもらった黒飴の袋だった。毎日一粒二粒と惜しみながら食べているもので、甘い物好きの慶太郎にしては大盤振る舞いである。

「これをなめながら帰れば、深川もあっという間だよ」

「……ありがとう」

目を輝かせて見上げる清に、早速一粒舐めさせてから、弥吉は表に出た。律と慶太郎も木戸まで送る。

「また神田まで来たら遊びに来いよ」

「うん！」

元気よく応えたのは清の方で、弥吉は律へ頭を下げると清の手を引いた。

二人の姿が見えなくなってから、傍らを見やると慶太郎と目が合った。褒め言葉を口にすべきか迷ったが、慶太郎が無言ではにかむのを見て、律もただぎゅっと肩を抱いた。

二

二日後、律は昼から出かけて、上野の池見屋を訪ねた。

練習した紋絵を女将の類に見せるも「まだまだ」と素気《そっけ》なかったが、小物三つ分の仕事はもらえた。

師走も半ばにさしかかり、そろそろ掛け取りに諸々の支払いをせねばならない。請け負った小物の分ではとても足りないから、父・伊三郎が今井に託した金をまた少し出してもらうことになるだろう。しかしこの一月あまり、少しずつでも池見屋からの仕事があったおかげで、律は随分落ち着いた気持ちになっていた。

もっと――上手くなりたい。

感謝の意を込めて池見屋により良い品を納めたいし、同時に、いつか類から賞賛の言葉を引き出したいという職人の意地もあった。

類は単なる意地悪や気まぐれで、律にきつく当たっているのではない。その証拠に、類から見せられた着物の上絵や紋は、どれも申し分のない出来だった。

池見屋は間口三間の奥に細長い店で、呉服屋としてはけして大きくはない。類の他、番頭一人と手代二人、丁稚《でっち》一人で店を賄っていて、帳簿を含めて類が隅々まで目を光らせているようだ。気に入らない客は相手にしないという高飛車な商売をしているのに、そんな類の気《き》っ風《ぷ》を面白がる得意客が何人もいるらしく、店はそこそこ繁盛している。

品揃えはぴんきりで、律が目を向くような高級反物《たんもの》から町娘が気軽に買える安い木綿など様々だ。だが、類が認めたもののみしか置かぬというだけあって、どんな安物でも粋が感ぜられた。抱えの職人はいないが類は顔が広く、仕立て屋から上絵師、縫箔師《ぬいはくし》など腕の立つ職人に事欠かないようである。

池見屋を知るにつれ、つくづく己は井の中の蛙《かわず》だったと律は自省した。

此度請け負った三つの小物は、五日で仕上げる約束だった。

例によって下描きがあるし、大まかな色は決められているものの、細かな色合いや筆使いをどうするか、あれこれ考えながら律は池見屋を出た。

少し遠回りになったが、神田明神《かんだみようじん》でお参りをしてから旅籠町《はたごちよう》を抜け、仲町へ入ったところで女の怒鳴《どな》り声が聞えてきた。

「帰れって言ってんだろ！　帰って母ちゃんの帰りを待ちな！」

長屋の木戸から押しやられるように出て来たのは、おととい会ったばかりの弥吉だった。

「もう来るなと言ったじゃないか！　何度も言わせないどくれ！」

「おときさん……」

つぶやき、よろめいた弥吉を庇うように、間に入った清が口を結んで女を睨みつける。

道行く人々は眉をひそめ、非難がましい目をときという女へ向けたが、後ろから覗く長屋の住人の顔には「これもやむ無し」といった諦めが窺えた。

「おい」と、一人の男が見かねて声をかけた。「事情は知らねぇが、子供相手にそんなに怒鳴るこたねぇだろう」

「事情を知らないんだから、首を突っ込まないどくれ。もううんざりなんだよ。姉ちゃんにも、姉ちゃんの後始末にも――」

ときがそう言うのを聞いて、ときが弥吉らが先日訪ねた叔母だと判った。

「だからって子供にあたるこたぁ……」

「じゃあ、あんたが引き取っておくんなさいよ。うちにはもう三人も子供がいるんだ。それだけで手一杯だってのに、この子らの面倒なんかみちゃいられないよ。えらそうなこと言うなら、あんたが引き取ってやったらいいじゃないのさ！」

「そいつぁ無理な話だ……」

ときに睨まれ、男は尻すぼみになった。

唇を嚙んだ弥吉を見て、律は思わず声をかけていた。

「弥吉ちゃん、清ちゃん」

ぱっと顔を輝かせ、律の方へ歩み寄ろうとした清の手を弥吉がつかんだ。

「あんた誰だい？」

じろりと律を見やったときは、化粧気がなく、疲れた顔をした三十路《みそじ》女だった。

「律と申します。弟が弥吉ちゃんと仲よしで」

「弥吉と仲よしだって?」

「ええ……あなたが、弥吉ちゃんたちの叔母さんですか?」

「そうだけど、姉ちゃん――お奈美《なみ》とはとっくに縁を切ったからね」

鼻を鳴らしてときが言う。

「あの、でも――」

「どうせ今度も男がらみさ。――うちもかつかつでね。これ以上、あの女に引っ掻き回されるのはごめんなんだよ。あの女は、この子らを捨てて男と逃げたんだ」

「うそ!」

弥吉より先に叫んだのは清だった。

「おっかさんはかえってくるもん! ちょっとおそくなってるだけだもん!」

「今日で八日目じゃないか。もう帰って来やしないさ……言ったろう? いい加減諦めるんだね。諦めて二人とも大家の言う通りにすりゃあいい! あたしはもう当てにしないどくれよ!」

「ちょっと待って! 待ってください……」

ときをなだめて、律は矢立と紙を取り出すと、手早く書きつけた。

「うちの長屋を覚えてる？　相生町、青陽堂の裏よ」

頷いた弥吉へ、折った紙を律は持たせた。

「お隣りの今井先生へこれを渡して中へ入れてもらって。私もすぐに戻るから」

もう一度頷いた弥吉が清の手を引いて歩き出した。

清が唇を噛《か》んだまま何度も振り返る。

二人の姿が充分遠くなってから、律はときを真っ向から見た。

「あんな……子供の前で言うことないじゃありませんか」

「弥吉は既に知ってるさ。清にしたって、早いとこ己の分をわきまえといた方がいいんだよ。いつまでも甘いこと言ってられないからね」

「……お話を伺いましょう」

「なんだい、小娘がえらそうに」

舌打ちしたものの、ときは顎をしゃくって律を木戸の向こうへ促した。

三

四半刻ほど遅れて律は長屋へ戻った。

己の家には人気《ひとけ》がなく、荷物を置いて慌てて隣りを訪ねると、涼太と、定廻りの広瀬保次郎が来ていた。

「あの子らなら、慶太郎が連れて、市助の長屋へ遊びに行ったよ」

「そうですか」

胸を撫で下ろした律へ、文を片手に涼太が言った。

「まったく、何ごとかと思ったぜ――」

文には短く《いまいさま　このこらをたのみます　りつ》とだけ記されている。

「だって急いでたんだもの」

「二人を上げたところへちょうど涼太が来たからね。ひとっ走り、市助の長屋まで行ってもらったんだ」

慶太郎の幼馴染みで同じく今井の筆子の市助は、二軒隣りの長屋に住んでいる。弥吉たちが来ていることを知って慶太郎は涼太と一度長屋へ戻り、二人を連れて再び市助の長屋へ遊びに行ったという。

「それはどうも――若旦那に遣い走りをさせてすみませんでした」

律は頭を下げたのに、「なんでぇ」と涼太は不満げだ。

だが浅草での一件以来、涼太への想いを封じ込め、上絵師として生きると決心した律だった。今井宅にいると気が緩むのか、律には昔を思わせる伝法な口に戻る涼太に、律もついつられてしまうことが多いが、いつまでもなれ合っているとせっかくの決心が鈍りそうでどうも困る。

「私も驚いたさ。一体あの子らはどうしたんだい？」

今井がとりなす傍ら、涼太はむすっとしたまま律の分の茶を淹れる。

「それが……」

ときから聞いた話は鬱々《うつうつ》たるものだった。しかし己の手に負えることではないと判っていたから、律は男三人に事情を打ち明けた。

弥吉たちの母親の名は奈美。妹のときより二つ年上の三十二歳ということだった。

奈美は若い頃から奔放で、十五歳の時に親が持ってきた縁談を蹴って幼馴染みの男と駆け落ちした。しかし二年後に一人でふらりと戻って来て、違う男と夫婦になるも、子供が生まれず三年で離縁する。

「離縁したすぐ後に、今度は別の人のところへ……」

押しかけ女房となって四年目に弥吉が生まれた。

ようやく落ち着いたと、ときが安堵したのも束の間、弥吉が三歳になる前に男に逃げられ、弥吉を連れてときの長屋へやって来た。

「ご両親が既に亡くなっていたため、おときさんが身請け人になって近くに長屋を借りたそうなんですが、お家賃は溜め込むし……その、昼間から男の人と……」

二十歳過ぎて「年増」となったが、まだおぼこの律は目を伏せて口を濁した。

ときが家賃を立て替えるのにも限りがあった。半年と経たずに奈美と自分の双方の大家から責められ、奈美を諭《さと》したところ、妹に意見されたのが気に食わなかったのか、すぐに弥吉を連れて自ら出て行ったという。

それから二年が過ぎて清が生まれたが、清の父親にときが会ったことはない。浅草の方に越したらしいが住処《すみか》は明かされなかった。達者で暮らしているならそれだけでいいと思っていたときだったが、更に二年後――清が三歳になった時、子供らを引き取って欲しいと言われて仰天した。

「他に好いた人ができたそうで、それまでの人は怒ってしまって……清ちゃんもその人に似ていないからと、母子三人で叩き出されたそうです……」

「それはまた……」

流石の今井も、なんと言うべきか困っている様子だ。涼太と保次郎は唖然として聞いているばかりである。

「おときさんにもお子さんが三人いて、とてもあと二人は養えないし、堪忍袋の緒も切れたので、縁切りを申し渡したそうです。お奈美さんは渋々でしたが男の人と別れ、子供らを連れて深川で暮らすようになったようなのですが、半年くらい前からまた時々家を空けるようになり、その度に弥吉ちゃんたちはおときさんのところへ……」

「ひでぇ母親だ」と、涼太がつぶやいた。

「初めのうちは子供たちが気の毒で、また少し面倒をみていたそうなんですが、この二月の間に六度も……いい加減にしろと旦那さんが怒ってしまって……お奈美さんが家に戻らなくなって今日で八日目だそうです」

残っていた米で三日しのいだのち、四日目に弥吉は仕方なくときを訪ねた。ときは「これで最後」だと食べさせ一晩泊めたものの、翌朝には追い出した。一旦深川に戻ったが、奈美は帰っておらず食べ物も底を尽いている。これまでは家を空けてもせいぜい三日だった。それが五日も戻らないものだから、大家も長屋の住人たちもとうに諦めていた。

ときの了承を得た大家が、既に同じ深川の万年町《まんねんちよう》に引き取り先を見つけてきていた。ただし引き取るのはまだ幼い清のみで、弥吉には奉公先が用意されているという。引き取り先に少しでも多く金を渡せるよう、大家は弥吉たちがいない間に既に古道具屋に家財道具の値踏みを頼んでいた。

「弥吉ちゃんと離れたくないと、清ちゃんが大泣きしたそうで……弥吉ちゃんはなんとか二人しておときさんに引き取ってもらえないかと……」

だがそれはできぬと、ときは弥吉を追い返した。弥吉が途方に暮れたところへ慶太郎が通りかかったのが二日前だ。一縷《いちる》の望みをかけて再び長屋へ戻ったが、やはり奈美は行方不明のままだった。二日間、大家が飯を与えてくれたそうだが、今朝はとうとう三日後には二人をそれぞれの行き先へ連れて行くと宣告されたという。

「ひでぇ話だ……」

涼太が再びつぶやき、保次郎も頷いた。

ひどい話だと律も思う。

しかし「無い袖は振れない」と言い切ったときの心情は判らないでもなかった。

ときの住む家は律の所と変わらぬ裏長屋だったが、困窮はありありと窺えた。居職の律は両親がいた時から住んでいる二間三間に慶太郎と二人暮らしだが、ときたちは九尺二間に五人で暮らしている。食費も大の男が一人いるだけで、律たち以上にかかるだろう。それだけの稼ぎがあれば別だが、ときの夫は振り売りでその稼ぎなど知れている。ときは内職をして、家族五人の暮らしを支えているとのことだった。

――あの子らは悪くないけどさ、姉ちゃんに似てる弥吉や清を見ていると、なんとも憎たらしい気持ちになるのさ――

奈美は見栄っ張りだったのか、弥吉たちがときの子供たちよりもいい着物を着ていることも、ときや夫の気に障ったようだ。

「それでどうするんだね?」と、今井が訊ねた。

「今晩はうちへ泊めますが、長屋のことがありますから、明日は深川へ行くとして……でも三日後には、清ちゃんは養子に、弥吉ちゃんは奉公へ……」

弥吉たちには同情するものの、慶太郎との二人暮らしでさえやっとな律が、更に二人の子供を引き取るなど不可能だ。結局ときの言ったことは正しく、引き取ってやれない以上、己もときと変わらぬのだと、律の声は尻すぼみになった。

「大家に会ってみよう。明日、昼餉を食べさせたら指南所に連れて来なさい。私が一緒に深川へ行くよ」

今井が言うのを聞いて、律はほっとした。

孤児の引き取り手もぴんきりだ。せめて少しでも大事にしてもらえるところであるよう律は願うばかりだが、今井が確かめてくれるなら安心だ。

――七ツを過ぎて戻って来た慶太郎たちを連れて、湯屋へ向かった。

夕餉は今井を交えて五人ですませて、律は清と、慶太郎は弥吉と、二人を間に挟むようにしてそれぞれの布団を分かち合った。

慣れたのか、それとも大人の律に母親を重ねているのか、清は律にしがみつくようにして眠りについた。

清の子供特有の温かさが、律に母親の美和が死した時のことを思い出させる。

まだ四歳だった慶太郎を抱き締め、夜な夜な涙をこらえた律だった。

慶太郎がいたから――

悲しみに耐えることができたし、捨て鉢にならずにすんだ。

夜の闇の中で弟に微笑みかけた律は、弥吉がまだ起きていることに気付いた。

清と慶太郎の健やかな寝息の間で、じっと息をひそめている。

初めて会った時、弥吉は父親は病で死したと嘘をついた。ときの話によると、弥吉が物心ついた時には父親は逃げておらず、母親のもとには違う男が出入りしていた。

弥吉の嘘は母親のためでなく、清や弥吉自身を庇うためのものだろうと思うと、律の方が泣きたくなる。

弟でさえこんなに愛しいのに、我が子を捨てることができるなんて……

見たこともない奈美という女に怒りが湧いたが、弥吉に悟られてはならず、律も弥吉と同じようにただ息をひそめて眠りが訪れるのを待った。

四

翌朝、慶太郎が指南所に出かけてしまうと、律は手持ち無沙汰になった。

池見屋からもらった仕事に取りかかりたいが、陰鬱《いんうつ》としている弥吉たちを放っておくこともできず、律は筆を取り上げた。

せめてもの慰めに、母親の似面絵《にづらえ》を描いてやろうと思ったのだ。

「清ちゃんのおっかさんは、どんなお顔？」

「おっかさんはねぇ……」

清は嬉しげに母親を語る。下描きを見ながらつたない言葉で直しを伝える清を見て、しばらく黙り込んでいた弥吉もぽつぽつと口を挟むようになった。

出来上がった似面絵に、清は歓声を上げげた。

弥吉も驚いた顔で、清が両手でつかんだ似面絵にじっと見入った。

しばらくして、「あのぅ」と弥吉がおずおずと切り出した。

清と離れ離れになる前に、もうしばらく家で母親を待ちたいという。

似面絵が変な里心をつけてしまったかと思ったが、母親ともなればそう簡単に思い切れはしないだろう。

言われた通り指南所へ行き、今井にそのことを告げると、今井は律たちを別室へいざない、二人を前に座らせた。

「今日から七日猶予をもらえるよう、私から大家に話してみよう。大家がうんと言わないようなら、私の家から深川へ通うんだ。だが七日だけだよ。これまでと合わせて半月だ。その間にお奈美さんが見つからぬようなら思い切らねばならぬ」

静かだが笑わぬ今井に清は慄《おのの》いているが、弥吉はまっすぐ今井を見つめて頷いた。

「お前たちに罪はない。だがいつまでもこうしてはおられないのだ。おときさんだけではない。お律にも私にもそれぞれの暮らしがあって、お前たちのことだけを考えて過ごす訳にはいかない。

ゆかぬのだ。弥吉、お前はまだ九つだが、十で奉公に出ている者はざらにいる。お清のことを含め、これからの身の振り方をきちんと考えなさい」

厳しい話だが、表店の子供たちよりも世間をよく知る裏長屋の子らの方が早熟で、奉公や独り立ちも早いのは事実である。

「――はい」

今井の言葉に弥吉は神妙に応えて頭を下げた。

よく話を解していない清までが、弥吉に倣って頭を下げたのが律の胸を締め付ける。

「お律」

「はい」

「お奈美さんの似面絵をもう一枚描いてくれ。これほど長く戻らぬというのは、やむ無い理由があるのやもしれぬ。広瀬さんにお願いしてみるのも一案だろう」

なるほど。

これまでの奈美の素行から、てっきり子供を捨てて男と逃げたのではないかと思っていたが、不慮の怪我や病などで帰れない事情があるのかもしれなかった。

もしかしたら――

既に死している可能性もなくはないと、己の父親を思い出しながら律は憂えた。

弥吉たちの長屋は永代寺門前・山本町にあり、律が思っていたよりずっとましだった。弥吉の話からもっと荒《すさ》んだ場所を想像していたのだが、目の当たりにした長屋もその住人も、律や今井の住む長屋と大差はないように思われた。しかし、だからこそ過剰に、男にだらしない奈美の暮らしぶりが嫌われたとも考えられる。

今井が名乗ると大家も住人も敬意を浮かべ、大家は律たちを招き入れた。

話を聞いたところ、清の引き取り先はやはり似たような裏長屋暮らしの夫婦で、裕福ではないが人柄は大家が保証するという。弥吉の奉公先は浅草の海苔屋ということだった。

けして悪いようにはしないと、大家は今井に約束した。

その足で南町奉行所まで出向くという今井に似面絵を託して、永代橋を渡り北新堀町を抜けたところで別れた。

長屋に戻り、早速仕事道具を広げるも、弥吉たちのことが気になって仕方ない。

深川へ帰る間に、何度も母親の似面絵を懐から取り出しては眺めていた清が思い出されて、律は己が手にしていた小物の下描きを置いた。

代わりに箪笥の奥から例の似面絵を出して、じっと見つめる。

母の仇と思われる男の似面絵だ。

五年前までの暮らしが次々と思い浮かんだ。

慶太郎が指南所へ通い始めると、母親の美和は近所の蕎麦屋へ手伝いに出るようになった。手間賃をもらうためというよりも、居職の夫を気遣ってのことだったろう。父親の伊三郎はぶっきらぼうだったが美和にべた惚れで、時折めかしこんでは夫婦水入らずで浅草や日本橋へ出かけることもあった。

あの頃は八ツを過ぎると、美和が帰って来て茶を淹れた。茶葉がなくなると美和に頼まれ、律が青陽堂に買いに行ったものだ。涼太は十二歳から最初の三年間は丁稚に交じって下働き、十五歳になってからは手代に交じって店に出ていたが、律が涼太から茶を買うことはなかった。女将の佐和が目を光らせていて怖かったし、律が買うのは一番安い茶だったから涼太に頼むのは恥ずかしかった。

涼太が今井のところを訪れるようになったのは、美和が殺されて三月ほど経ってからだ。あれも振り返ってみれば、今井の――そして伊三郎の――気遣いだったのかもしれない。気心の知れた今井や涼太と話すのは、律にはいい気晴らしとなったが、「俺には堅苦しくていけねぇ」と、伊三郎は今井宅での茶を固辞し、律がいない間は昼寝をしたり、ぶらり表に出たりしていた。

ともすれば自暴自棄になりがちな父親に、うんざりしていた時もあった。

――けど、おとっつぁんは、それだけおっかさんを好いていたんだ。

美和が死して伊三郎が――父親がどれだけ母親を愛していたか、改めて律は思い知らされた。それは初恋を引きずるように幼馴染みの涼太を想う己の恋心なぞ、とても太刀打ちできぬ強い恋情で、そのように妻を愛した父親を――夫に愛された母親も――律はどこか羨ましく思っていた。

おとっつぁんの気持ちに比べたら、私の恋なんて……

はたと我に返って、律は小さく頭を振った。

「恋」という言葉が「涼太」と結びついて、胸が少し苦しくなる。

恋心は思い切った筈の律だが、特に暮らしに変わりはなく、涼太ともほぼ毎日今井の家で顔を合わせている。

誰が訪ねてきた訳でもないのに、涼太を家に上げた時のことが思い出されて、伊三郎が残した似面絵を律は慌てて簞笥に仕舞った。

誰にも知れたくないと言ったのは自分で、涼太もそれを承知してくれた。父親の名誉を守るために言ったことで、似面絵のことはいまだ今井にも香にも話していない。

二人きりの秘密――

それどころではないと思うのに、疼《うず》き始めた胸はなかなか収まらない。

味噌が切れかけているのを言い訳に、律は頭を冷やすべく木枯らしの吹く表へと出た。

五

「あんまりだわ！」

律から弥吉たちのことを聞いて香は憤慨した。

「そんな……ひどい。そんな母親がいるなんて――」

八ツ過ぎに律を訪ねて来たが、慶太郎は恵明の手伝いで上野へ、今井は指南所からそのまま深川へ弥吉たちの様子を見に行っている。今井の不在を知ってか兄の涼太は顔を見せておらず、代わりに律が茶を淹れてくれ、女二人で火鉢を挟んで座っていた。

「信じられない。私だったら――私だったら、けしてそんなことしやしないのに」

嚙んだ唇を隠すために、香はようやく茶碗に口をつけた。

「そうね。香ちゃんだったら……」

頷いたものの、香を気遣ってか、語尾を濁して律も茶を含んだ。

香が銀座町の薬種問屋・伏野屋に嫁いで二年が経ったが、いまだ子宝には恵まれていなかった。

夫の尚介とは、香の父親で茶人の清次郎がきっかけで出会った。

隠居を前に尚介の父親である幸左衛門《こうざえもん》が茶道に興を覚え、つてをたよって青陽堂にある茶室でもてなしを受けることになったのだ。初めは幸左衛門が一人で来たのだが、香がまだ独り身だと聞いて、二度目は息子の尚介を連れて来た。

尚介は香を一目で気に入り、足繁く青陽堂に通い始めた。尚介が七つ年上なのと「銀座町の若旦那が、相生小町に一目惚れ」と周囲に冷やかされたのが気に食わず、香はしばらくすげなくしていたが、尚介の人となりを知るうちに想い合うようになった。

家柄もつり合うし、薬種問屋と葉茶屋には似たところも多い。両家は二人の良縁を喜び、とんとん拍子に祝言を挙げた。

姑の峰《みね》は初めのうちこそ茶会だの買い物だのと香を連れ出したが、一年も経つと孫ができぬことを愚痴るようになった。気の強い香は姑の嫌みなぞには負けぬ気でいるが、子供は尚介や香自身が望んでいることである。「孫」のことを持ち出されるのは辛かった。

武家や商家に限らず跡継ぎを求めるのは世の習いだ。尚介は変わらず己を大事にしてくれているが、嫁いで三年子供ができなければ「石女《うまずめ》」として離縁されてもおかしくない。なかなか子供ができぬ悩みを、香は律にだけは打ち明けていた。己を慮《おもんぱか》ってか、日頃、律から赤子や子供の話をすることはないのだが、弥吉たちのことは律も余程腹に据えかねたのだろう。

律の話では、奈美も長子である弥吉を授かるまでに長い時を要したようだ。にもかかわらず、二人の子供をこうもあっさり捨てた奈美という女が香には理解できなかった。

「私だったら、うんと大事にするのに。ひもじい思いはさせないし、私のために――母親のために――泣かせやしない」

「うん」

「お金があるから言ってるんじゃないのよ。私は、その……」

「香ちゃんたら、また始まった」

律が茶化して言ったので、香はやっと微笑むことができた。

裕福な家の出であるゆえに己の考えや覚悟が軽んじられることを、香は子供の頃から嫌っていた。家柄や器量を妬《ねた》む者には何を言っても無駄だと判っているから言わないが、逆に気の置けない律や今井の前では、時折愚痴めいた言い訳をしてしまう。

「香ちゃんはきっといいおっかさんになると思う」

微笑んで律は言ったが、慌てて付け加えた。

「ほら女将さんみたいな――」

「嫌ぁだ。やめてよ」

即座に手を振って香は律を遮った。

りっちゃんに気を遣わせちゃった……

「よりによって、母さまを引き合いに出さなくったっていいじゃない」

「でも女将さんは町の人望も篤《あつ》くて……」

「私は誓って母さまのようにはならないからね。母さまはいつも『家の恥にならないように』ってそればかり。お武家でもないのに、家のことばかり気にして世間が判っていないのよ。家柄よりも人柄なのに」

だが、だからこそ佐和は作法を重んじ香や涼太を厳しく躾《しつ》け、更に町の指南所に通わせることで香たちを世情に通じた、人の心が判る者に育てようとしたのではなかろうか。

「……母さまといえば、今日はりっちゃんに仕事のお願いがあって来たのよ」

「仕事の？」

「そう！」

頷いて香は持って来た風呂敷包みから、二尺ほどの絹を二枚取り出した。

「一枚は牡丹《ぼたん》、もう一枚には杜若《かきつばた》を描いて欲しいの」

「巾着ね」

仮縫いの跡を見て律が言った。

「うん。急がないから、池見屋さんの仕事が終わった後にお願いできる？　お代は二枚で一分でどうかしら？」

「そんな……もらい過ぎよ」

律がそう言うのは予想済みだ。

「じゃあその分、うんと凝った物にして。母さまたちへの歳暮にしたいのよ」

「女将さんとお姑さんへ？」

「ええ。牡丹は峰さま、杜若は母さまの好きな花よ。ここらで、ちょいとご機嫌取りしておかないとね。近頃どちらも口うるさいったら……嫌んなるわ」

拗《す》ねたふりをして香は言った。

そろそろ律も掛け取りへ支払いをせねばならぬだろう。家の事情は違えど香は律を親友だと思っているが、だからといって下手な同情はしたくなく、律も受け付けない。ただ、ご機嫌取りを兼ねて二人の母に歳暮を贈りたいというのは本心で、手描きの上絵入りの巾着なら手頃でうってつけだ。

「仕立ては香ちゃんがするの？」

「そう。縫い物だけはさせてもらえるから……」

伏野屋は問屋ということもあって青陽堂よりも大きく、家事も女中任せだ。香は一通りの家事は仕込まれているし、台所仕事はともかく掃除くらいはと嫁いだ時に申し出たのだが、峰の「みっともない」の一言で片づけられてしまった。尚介に頼んで、尚介の繕い物だけは香の手でしているものの、毎日繕う物がある筈もない。

巾着など大した縫い物ではないが、律と一緒に「仕事」ができるのが香には嬉しかった。そこらの女子より読み書きはできるが、学者になれるほどではない。針仕事は得意といっても、他の家事と比べてのことであって職人の腕には到底敵《かな》わぬ。律のような才能がある訳でもなく、かつて「相生小町」と言われた美貌もこれからは衰えていくばかりだ。

——一目惚れなんて、私の表しか見ていない。

尚介が足繁く通い始めた頃、そんなことを言ってつれなくしていた己が恥ずかしかった。

家柄と器量だけで決めつけられるのを嫌いながら、結局己にはそれしかないのだと思うと、いっぱしの仕事をしている涼太や律が羨ましくて仕方ない。

「頼んだわよ」と、香がにっこりしたところへ、表から声がかかった。

「りっちゃん」

律の向かいの長屋に住む佐久《さく》である。夫の茂助《もすけ》は紺屋町《こんやちょう》の紺屋で、佐久は松永町《まつながちょう》の煮売り屋で仕込みとして勤めている。

「お佐久さん、おかえんなさい」

引き戸を開けた律が言うと、佐久は中にいる香に気付いて小さく会釈した。

「お香さんが来てたんだね。じゃあまた後で寄せてもらうわ」

「何かご用で？」

「ううん、大した用じゃないんだよ。邪魔しちゃったね」

「いいえ。じゃあ、のちほどまた……」

律が火鉢の傍へ戻ると、香は声をひそめて言った。

「きっと縁談よ」

「まさか」

律は苦笑したが、香は確信していた。佐久が香を見てそそくさと帰っていったのは、長屋の住人は少なからず涼太と律の間柄を知っているからだ。

「もう、りっちゃんたら」

「だってお佐久さんは私の決心を知ってるもの」

――上絵師として身を立てたい。そのためにはずっと独り身でも構わない――

そう決意したのだと、一月《ひとつき》ほど前に香も律から告げられている。

「ねえ、りっちゃん。本当にどこにもお嫁に行かないの？」

「うん。慶太郎もいるし、それにやっぱり一人前の職人になりたいもの。おとっつぁんがいた時に、もっとたくさん教わっておけばよかったんだけど……」

律の仕事ぶりは充分一人前に思えるが、己は所詮素人《しろうと》である。しかし、律に「その気」がないのは香には幸いだった。

律にはいずれ青陽堂に――涼太に――嫁いで欲しいからである。

涼太と律が想い合っていることは、近くで二人を見てきた香には明らかだ。

――でもりっちゃんからは言えないに決まってるんだから、お兄ちゃんがしっかりしないといけないのに……まったくまだるっこしいったらないわ！

商売にかまけて、既に年増となった律にいつまでも求婚しない涼太が香には歯がゆい。

七ツの鐘が鳴ってしばらくして香は暇を告げた。

実家には寄らずに帰るつもりだったが、気が変わった。

佐久のことを持ち出して、涼太を焚きつけてやりたくなったのだ。

一旦長屋の木戸を出ると裏口から青陽堂へ入る。

廊下から店を窺ったが涼太の姿は見えない。そのまま帰るのは癪《しやく》だが、こんな刻限まで神田にいることが佐和にばれたら小言は必至だ。こっそり引き返そうとしたところへ、涼太が通りかかった。

「何してんだ、お前は？　もう七ツを過ぎたぞ。とっとと帰れ」

「何って――」

ふいをつかれたのと、高飛車《たかびしゃ》に帰れと言われたのとで、香は口を尖らせた。

「まったく尚介さんは香に甘いよな。いくら店の手伝いをしなくていいからって、嫁が夕刻までふらふらしてるなんざ、みっともなくていけねぇや。お前も甘えてばかりいないで、ちったぁそういうことを考えろ」

「甘えてなんか……そりゃ今日は少し遅くなったけど、りっちゃんとつい話し込んじゃっただけだもん。お歳暮のこととか、昨日、深川まで送って行った子供らのこととか……」

「弥吉とお清のことか」

「そうよ。ほんとに腹立たしいったらありゃしない。私だったら――」

言いかけて香は口をつぐんだ。

私だったら、私だったら、と、いくら言ってもきりがない。

私には子供がいないのだから……

つんとそっぽを向いたのは、腹立たしさよりも、そうしないと涙ぐんでしまいそうだったからだ。

「……ちょっと待ってろ」

言い捨てて涼太は店に続く暖簾《のれん》をくぐった。

少しして戻って来た涼太は、小振りの風呂敷包みと懐紙《かいし》に包んだ物を差し出した。

「伏野屋への手土産と駕籠の酒手《さかて》だ。――御成街道《おなりかいどう》から駕籠に乗って帰れ」

「いらないわ」

「お前のためじゃねぇ、店のためだ。お前をこんな刻限まで遊ばせておいて、のらりくらりと歩いて帰られたんじゃ、店の評判にかかわってくる。駕籠で伏野屋の前につけりゃあ、それなりに恰好がつくってもんだ。お峰さんに何か言われたら、俺が引き止めたと言やぁいい」

「……ほんと、見栄っ張りなんだから」

つい憎まれ口が出たが、たった一つしか違わなくとも涼太が「兄」だと思うのはこういう時だ。

「お前もその……いろいろあるんだろうが、まずは尚介さんを大事にしろ。伏野屋のおかみとして、もっとしゃんとするこった。でもって、くれぐれも神田の恥になるんじゃねぇぞ」

親や奉公人にはけして使わない言葉遣いの中に励ましを感じた。

それにしても「神田の」と付け足したところが、日頃から日本橋界隈に対抗心を燃やしている兄らしいと、香はついくすりと笑みを漏らす。

「なんでぇ……莫迦莫迦しい」

「お兄ちゃんが人の心配ばかりしてるからよ。――でもね、お礼に一つ、耳寄りな話を教えてあげる。りっちゃんに縁談がきてるのよ」

「えっ？」

「向かいのお佐久さんが、ちょいといい人がいるんだけど、って」

のちの佐久の台詞を想像しながら香は言った。

「……お律も乗り気なのか？」

「どうかしらねぇ」と、香はにやにやした。「一人前の上絵師になるまでは、色恋に現《うつつ》を抜かしている暇なんかないとは言ってたけど――」

「そうか」

身内にしか判らぬ安堵を隠しながら、短く応えた涼太が可笑しい。

「でもりっちゃんならすぐに上絵師として身を立てられるようになるわ。慶ちゃんが奉公にでも出たら、りっちゃんも考え直すだろうし……お兄ちゃんとどっちが先に一人前になるかしらねぇ？」

わざとらしく小首をかしげて、香は内心ぺろりと舌を出した。

「そりゃあ――」

「じゃあ、私はお暇するわ。尚介さんが待ってるもの」

返答に困った涼太を置いて、香は再び裏口から外へ出た。

暮れかけた通りでは子供たちも急ぎ足だ。長屋ごとに連れ立って、勤めや行商帰りの大人たちの合間を器用に駆け抜けて行く。

家路を行く子供たちの背に、かつての己や律、涼太の姿が重なって見えた。

風呂敷包みを抱え直すと、香は御成街道へ出るべく夕陽を見ながら歩き始めた。

六

朝のうちに、言われた日より一日早く池見屋へ品物を納めて戻ると、弥吉と清が来ていた。

二軒隣りの下駄売りの妻・勝が、内職の傍ら長屋へ上げてくれていたが、弥吉たちの事情を知っているからかどこか素気ない。非情なのではなく、過剰な情けは弥吉たちにはよくないと思っているのだろう。

神田に行くと大家に伝えて来たそうで、昼餉にと握り飯を持たされているという。

母親の似面絵をもう何枚か描いて欲しい、と弥吉は言った。

「番屋に、似面絵をおいてもらおうと思って……」

「それはいい案ね」と、律は頷いた。

効果のほどはさておき、残された時を無駄にせぬよう弥吉なりに考えているのだと思うと、できるだけの助力をしてやりたい。

三日前に持たせた似面絵は、もう折り目が擦り切れ始めていた。もともと書き方用の安い紙だった上に、おそらく何度も広げてはたたみ、たたんでは広げたのだろう。

弥吉たちが握り飯を食べる間に、番屋用に十枚の似面絵を描いた。更に一枚描いて清に渡したが、清は新しい一枚を弥吉に渡し、擦り切れた元絵を大事にたたんで懐へ仕舞った。

「じきに慶太郎も戻って来るわ。なんなら今日はうちに泊まってく？」

律が訊くと、弥吉は首を振った。

「ううん。深川に帰る。先生がせっかく大家さんと話してくれたんだから……」

「でも清ちゃん、疲れてないかしら？」

「そういう約束で出て来たんだ。今日中に深川の番屋に似面絵を持って行きたいから、おれ一人で神田に行くって言ったのに、どうしてもついてくるって」

「あたし、まだあるけるよ」

「あたり前だ、ばか」

微かな苛立ちの交じった兄の言葉に、清は目を落とした。

弥吉とてまだ九歳だが、清が一緒でなければもっと広い範囲を自由に探索できる。

「じゃあ、清ちゃんだけ泊るのはどうかしら？　明日迎えに来てくれてもいいし、私が送って行ってもいいし――」

「いや！」

清の強く短い叫びが律を遮った。

「あたしもかえる！　ふかがわにかえる！　おにいちゃんといっしょに……」

涙目になった清を弥吉が睨んだ。

「泣くな！　泣いたらもういっしょに連れてかないぞ！」

弥吉の勢いに清は黙った。

「清ちゃん、お鼻が少し汚れてる」

唇を嚙んだ清の肩を抱いて、手ぬぐいで形ばかり鼻を拭った。そのまま清に渡すと、清は手ぬぐいを目に押し当てて嗚咽《おえつ》を漏らした。

弥吉を責める気にはなれなかった。

たった九歳の男児だ。一人で全てを背負い込むには無理がある。

両拳をぐっと握り締めて押し黙った弥吉からは、後悔の念が感ぜられた。苛立ちにまかせて、妹を怒鳴りつけたことを悔いているのだろう。清もまた、兄を怒らせまいと——足手まといになるまいと、必死で涙を呑み込もうとしている。

浅はかだった。

清を抱き締めながら、律も悔いた。

母親がいなくなった今、兄と離れることがどれだけ清を不安にさせるか、思い当たらなかった自分を律は恥じた。

「じゃあ、ちょっとだけ待ってね」

清の背を撫でてから律は筆を取り、慶太郎へ文を書いた。

《ふかがわへいってきます　りつ》

文を読んで弥吉が律を見上げた。

「私も一緒にいいかしら？　今日はもう一仕事してきたし、寒いけどお天気がいいから家にこもるのはもったいないでしょ」

「……うん」と、弥吉が頷いた。

己の下手な言い訳は見抜かれたようだが、律はひとまずほっとした。

一緒に行けば道すがらの番屋には律から話ができるし、清が疲れたら背負ってやれる。大したことはできないけど、いないよりはましでしょう——

それはまた、己の罪悪感を拭うためでもあった。

木戸を出て歩き出すと、しばらくして後ろから涼太が呼んだ。

「お律！」

小走りに律たちに近付くと、涼太は弥吉たちを見やって訊いた。

「どこへ行くんだ？」

「深川よ。まだお天道《てんと》さまも高いし、散歩がてらにこの子らを送って行こうと思って」

「散歩って……まあいいか。俺もちょうど出かけるとこなんだ」

「そう」

頷くだけに律はとどめた。

涼太は今日はお仕着せではない。黒鳶《くろとび》色の着物の裾の裏から、濃色の絞りが覗いている。茶鼠《ちゃねず》の帯に黒い長めの羽織と、どこから見ても「大店の若旦那」だ。届け物でないことは一目瞭然で、父親の清次郎の伴でもないとすると、遊びに行くのだろうと律は踏んだ。涼太は時折、似たような商家の跡取りたちと集うことがある。

「せっかくだ。一緒に行こうじゃねぇか」

「私たちはゆっくり行くから……それに涼太さんはどちらへ？」

「行き先はその……日本橋なんだが急ぎじゃねぇ。——なあ、俺も一緒にいいかい？」

涼太の問いに清は嬉しげに、弥吉は渋々といった態で頷いた。

相生町を抜けるまでは町の者たちの好奇の目が恥ずかしかったが、和泉橋を越えると見知った者もいなくなった。

神田川を渡ると西へ少し歩き、職人町の真ん中にある鍋町《なべちょう》の番屋にまず寄った。番人へは、律から道中に事情を聞いた涼太が話してくれた。日に何千人と行き交う大通りだけあって、番人はどことなく投げやりな目で似面絵を見やった。

「万が一ってこともありますから——何とぞよろしくお願いいたします」

丁寧に頭を下げる涼太が、懐紙に包んだ物をさりげなく渡すのが律には見えた。

己だけだったらけんもほろろに扱われたかもしれないと悔しい反面、涼太がついて来てくれたことに感謝していた。弥吉も同様なのか、律の隣りで複雑な顔をしている。

もっとも弥吉が複雑なのは、近しい大人の男がいなかったからかもしれない。

「ありがとうございました」

にこりともしなかったが、戻って来た涼太へ弥吉は頭を下げた。

「礼を言われるほどのことじゃねぇ。さあ、次は十軒店《じっけんだな》だ」

十軒店、日本橋の番屋へ同じように頼み込んでなお、涼太は一緒についてくる。

「あの、日本橋に用だったたんじゃ……」

「急ぎじゃねぇと言ったろう。深川まで行って折り返しても充分間に合う」

「でも……」

「なんでぇ、迷惑かい？」

「そんなんじゃ」

「ならいいじゃねぇか。深川でも番屋へ行くんだろう？」

だから余計に心苦しいのだ、と言いたかったが、涼太の渡す「心付《こころづけ》」が少しでも弥吉たちの役に立てばという気持ちもあって律は頷いた。

海賊橋《かいぞくばし》を渡り、南茅場町《みなみかやばちよう》を抜ける。更に湊橋を渡ったのち、北新堀町に差しかかった辺りで、律と手をつないでいた清の足が鈍くなった。流石《さすが》に疲れてきたのだろう。背負ってやろうと律が声をかけようとした矢先、涼太が足を止めて言った。

「人が増えて来たな。あまり小さいのが橋の上をちょろちょろしてるのは危ねぇ。お清は俺の肩に乗るといい」

「あたし、ちいさくないよ」

「誰に向かって言ってんだ？」と、かがんで涼太は微笑んだ。

そっと清の手を取り、ひょいと事も無げに清を肩に乗せる。おっかなびっくりに清は律を見つめたが、律が手に触れると安心したように頷いた。

「あっちにも、はしがみえるよ」

「ありゃ大橋だ」

「あっちのはしは、わたったことない」

「俺もあっちは滅多に渡らねぇなぁ」

武家町を抜けて行かねばならない大橋よりも、永代橋の方が庶民には渡りやすい。

遠くを見渡しながら声を弾ませる清に、弥吉が少しだけ羨望の眼差しを向けた。

律はといえば、時折自分たちへ向けられる通りすがりの目が気になって仕方ない。

弥吉はともかく、早々に一緒になった夫婦なら、清くらいの子がいてもおかしくはなかった。弥吉と慶太郎が同い年なことを考えれば、親子三人に弟を連れているのと変わりない。

指南所の学友で、十六、七歳で祝言を挙げて、今は子育てに勤しんでいる者たちを律は思い浮かべた。

——よそさまには私たち、夫婦に見えるのかしら？

頬が熱くなるのを、襟巻に手をやることで誤魔化した。

だが、己の着物を見やった途端、律はすぐに打ち消した。

ううん、だって私はこんな恰好だもの……

弥吉たちは裏長屋の子供にしては上等な着物を着ていて、涼太も今日はよそ行きだ。しかし律は普段着のままだった。

……私はせいぜい、子守といったところだわ。

永代橋を渡り切っても、涼太は清を下ろさなかった。番屋で番人と話す時は流石に清を律に預けたが、戻って来るとすぐにまた肩に乗せて歩き出す。

深川で更に二つ番屋に寄ってから、山本町にある弥吉たちの長屋へ行った時は既に七ツを過ぎていた。

大家は初めて見る涼太にやはり好奇の目を向けたが、涼太が名乗り「町の者として送って来た」と話すと、「それはご苦労さまでした」と労りの言葉をかけた。

大家といえば厳しく小うるさい印象があるが、それは長屋——ひいては町——という共同生活の秩序や治安を守るためである。贔屓《ひいき》や情けも度を過ぎると、長屋や町の信頼を失うことになりかねない。大家もまた「町」を気遣う一人なのだ。弥吉たちにはつらいだろうが、引き取り先や奉公先を用意したことで大家は充分に務めを果たしている。

この年の瀬に、好き好んで子供を叩き出したい者などいないだろう。大家にしてもときにしても事情が許せばいくらでも助けの手を伸べたに違いない。

そう思うとどうしても事の元凶である奈美に腹が立つ。しかし弥吉たちにとっては唯一無二の母親だった。奈美への怒りは内に収めて、律は座り込んだ弥吉たちへ声をかけた。

「もしも私の方に知らせがあったら、すぐに弥吉ちゃんたちにも知らせるからね」

「おれも……」

口を濁した弥吉は既に諦めかけているように見えた。

「弥吉、似面絵はまだ残ってんだろう。あとはどこに頼むつもりだ？」

「ええと……浅草と上野、両国……」

「じゃあ浅草と上野は俺に任せな。明日ちょうど店の都合で浅草へ行くから、ついでに上野へも持って行くさ。お前は明日は、両国の回向院《えこういん》の近くの番屋へ行くといい。お清が平気なら、両国とは反対になるが、築地の西本願寺の方にも頼んでみるといいだろう」

「はい」

「あたしへいきだよ。あるけるよ」

「そいつぁ心強い」

涼太は微笑み、両手を伸ばして清だけでなく弥吉の頭も撫でた。弥吉は口を結んだままだったが、嫌がっている様子はなかった。

弥吉たちに別れを告げ木戸の外に出ると、涼太が訊いた。

「もう帰んのか？」

「だって七ツを過ぎたもの」

「八幡さまはすぐそこだ。ちょいとお参りしてかねぇか？」

深川で有名な富岡八幡宮《とみおかはちまんぐう》は永代寺の隣りで、ここから三町ほどしか離れていない。

だが深川から神田の北まで、まっすぐ帰っても半刻はかかる。慶太郎には置き文をしてきたが、あまり遅くなると余計な心配をかけるだろうし、帰りは律一人である。

何より、普段着の己がよそ行きの涼太と二人きりなのが恥ずかしかった。

「……やめとくわ。慶太郎が待ってるもの」

「そうか……そうだな」

頷いて涼太は律と共に、再び永代橋へ向かって歩き出した。

「明日浅草へ行くって、もしかして尾上さんへの届け物？」

「え？　――ああ、先日納めた茶の評判がいいんで、掛け取りがてらにもう少し持って来てもらえないかって……ついでに上野を回って、恵明先生のとこにも寄ってくら」

「ふうん」

相槌がやや素気なくなったのは、先日、青陽堂を訪ねて来た綾乃を思い出したからだ。

神無月に恵明の初恋の女を探し当てた際、涼太は同心の保次郎が探していた追剝《おいはぎ》を捕まえた。捕まった男は、追剝の前に男女二人を殺した罪もあって既に斬首されている。だがその前に、己を目撃した綾乃を探し出して殺そうと考えていたことを白状していた。

保次郎からそのことを聞いて、綾乃と、綾乃の両親が営む浅草の料亭・尾上では、涼太は「命の恩人」扱いで、今後は青陽堂からしか茶を仕入れないと言っている。

それで半月に一度、尾上に茶を納めることになったらしいが、この一月半ほどで綾乃は既に三度も青陽堂を訪ねて来ていた。

律が実際綾乃を見たのは先日の一度きりだが、前の二回は何故か、佐久を始めとする長屋のおかみたちがそれとなく教えてきたのである。

永代橋を戻り、北新堀町を抜けたところで律は足を止めた。相生町へは北へ続く箱崎橋を渡るが、日本橋へは来た通りに湊橋を西に渡るからだ。

「――今日は日本橋でご友人と?」

そんなつもりはなかったのに、ふと問いが口をついて出た。

「ああ、まあ……」と、涼太の応えは歯切れが悪い。

出がけに訊ねた時も、どことなくはぐらかした言い方だったと律は思い出した。

日本橋界隈には涼太が懇意にしている跡取り仲間が数人いるから、てっきりそのうちの誰かの家を訪ねて行くのかと思っていたが違うのかも知れない。

急がない、と言ったことから、香の嫁ぎ先の伏野屋かとも考えたものの、それならそうとはっきり言う筈である。

もしかしたら……女の人……？

綾乃の顔の他に、見知らぬ女の姿がぼんやり頭に浮かぶ。

「今日はその……跡取り仲間の寄合なんだ」

涼太は付け足したが、幼馴染みの勘といおうか、微かな嘘が感ぜられる。

だが上から下まで粋に包まれた若旦那を目の当たりにすると、己には嫉妬どころか好意を抱くことさえおこがましいように思えた。

いつまでも――未練がましいったらないわ。

己を叱咤《しった》して律はにっこり微笑んだ。

「ごゆっくり」

「え？　――ああ」

「じゃあ私はここらでお暇しますね」

ぺこりと頭を下げて歩き出し――思い出して振り向いた。

「そうだ」

「なんだ？」

「清ちゃんと弥吉ちゃんのこと……ありがとうございました」

「あんなのはなんでもねぇ」

「でも助かりました」

再び深々と頭を下げてから、律は踵《きびす》を返した。

行きよりも風が冷たくなったようだ。

箱崎橋を渡りながら、かじかむ両手に息を吹きかける。

歩きながら、律は二日前に佐久から聞いた話を思い出していた。

香が去ったのちに佐久が持ってきたのは縁談だった。

佐久の夫の茂助が働く紺屋の知り合いの糸屋が、次男の嫁を探しているという。家業は長男が継いでいるから気楽なもので、過分な贅沢さえしなければ嫁が何をしても――内職として上絵を続けても――一向に構わないとのことであった。

次男は律と同じ二十一歳で、店は紺屋町から少し東の岩本町《いわもとちょう》にあり、部屋は充分あるから、慶太郎と離れ離れに暮らすこともない、と佐久は言った。

――一人前になりたいっていうりっちゃんの気持ちも判るけど、なんでもかんでも一人でやるのは大変でしょ？　次男さんは真面目ないい人だし、店で染めてる糸もあるから染料もたくさん揃ってる。今は慶ちゃんがいるけど、慶ちゃんが独り立ちしたらどうすんだい？女一人で寂しくないのかい？　私もこの年になるまでいろいろあったけど、夫や子供がいるってのはやっぱりいいもんだよ……――

縁談だと言い切った香の「女の勘」に舌を巻きつつ、佐久の話は最後まで聞いた。

その上で断ろうとした律を、佐久は先回りして制した。

――今すぐ決めなくってもいいんだよ。今、長男嫁が腹ぼてでね。春には生まれるらしいけど、生まれてすぐはあっちもばたばたするだろうしね。あんたも次男さんも少々奥手みたいだから、互いを知る時も必要だろう。まあこの年まで独り身なんだから、多少延びたところで大差はないさ――

にこにこと諭され、律がきっぱり断れずにいるうちに佐久は帰って行ってしまった。

独り身を貫こうと決心してから二月も経っておらず、その覚悟は鈍っていない。

……なのにどうしてさっさと断れなかったのかしら。

自身に対するわだかまりを胸に、律は黙々と家路を急いだ。

七

律と別れて日本橋へ戻ると、涼太は駕籠を拾った。

日本橋へ行くというのは嘘ではなかったが、最終的な行き先は品川だった。日本橋で流行《はやり》の店やら他の葉茶屋を覗いてから品川に行くつもりで、店を少し早めに出たところで律を見かけたのである。

深川まで行ったことで店を覗く暇はなくなったが、品川での約束には充分間に合う。それでも涼太が品川の旅籠・菱屋《ひしや》に着くと、既に仲間四人が揃っていた。

「よう、涼太」

日本橋・平松町《ひらまつちょう》の扇屋の跡取り、勇一郎が手招いた。

「もうお揃いか」

「俺はついさっき着いたところだよ。まあ、座って一杯」

笑いながら猪口《ちょこ》を渡したのは雪隆《ゆきたか》で、瀬戸物町にある瀬戸物屋の一人息子だ。

この二人は涼太と同い年で、勇一郎は一目でぼんぼんだと知れる洒落者だ。今日は滅紫《けしむらさき》の着物に紫紺《しこん》の帯、銀煙管《ぎんぎせる》を手にしているが、どれも涼太には見覚えのない新品である。雪隆は目が細い童顔で、名前にも瀬戸物屋にもふさわしく、仲間内では一番の色白だ。話し方も人柄も、おっとりとしていてどこか頼りない。

「やっと出て来たか」

「久しぶりだなぁ、涼太」

からかい口調でにやりとしたのは室町の本屋の跡取りの則佑で、その横で一つ頷いたのは南茅場町の酒問屋の主・永之進《えいのしん》である。

則佑は涼太の一つ年下、永之進は二つ年上だった。丸顔の美食家で、やや小太りの則佑は酒に滅法強い。永之進は六尺には届かぬが涼太より背が高く、きりっとした顔つきをしている。酒に不自由しないだけに執着もなく、嗜む程度に飲むだけだから永之進が酔ったところを涼太はまだ見たことがない。

　則佑には頷くにとどめ、涼太は永之進へ声をかけた。

「お久しぶりで。永さんは来れねぇかと思ってました。店の方はいいんで？」

　今時分は年越しと正月の酒が飛ぶように売れる。永之進を除く四人はまだ「若旦那」だが、父親が春に隠居した永之進は既に店主となっていた。

「たまには気晴らしが必要さ。涼太だってそうだろう？　それに樽廻船が少し遅れててな、あさってには着くと思うから、それまで少しのんびりするさ」

　のんびり、と永之進は言うが船が気になるからこそ、気晴らしに出て来たのだろう。

　店を継ぐまでは永之進も集まりにちょくちょく顔を出していたものだが、やはり主ともなればそう簡単に店を空けられない。永之進は己の店に精通しており、その勤勉さを涼太は尊敬していた。

「今日はゆっくりしてってください」

「お前もだ涼太。店にこもってないで、今のうちに遊んでおけよ」

「そうだそうだ」と、則佑がもっともらしく頷く。

「則佑と勇一郎はもっと店を大事にしろよ」

「なんだい、永さん。まるで俺が遊んでばかりいるかのように――」

「そうじゃねぇとでもいうのかい？」

永之進が苦笑すると「違ぇねぇ」と勇一郎も笑った。

「ちぇっ、勇一郎だって言われてるんだぞ」

「でも俺は遊ぶのが仕事だもの」

しれっと言って勇一郎は猪口を空けた。

「永さん、涼太、商売のこととなると俺と則佑は分が悪い。どうか今日は商いの話はなしにしましょうや。おい、誰か！　もっと酒を頼むよ！」

勇一郎なりに永之進を気遣っているのか、おどけた声で襖戸の向こうへ声をかける。

「それにしても涼太、久しぶりだねぇ」と、雪隆が和やかな笑みを見せて言った。

店を継いだ永之進ほどではないが、涼太もここしばらく——律の父親の伊三郎が亡くなってからは特に——以前ほど遊びで店の外に出ることがなくなった。

「雪隆もとんと見なかったたな」

「だって俺が暇な時は涼太が忙しくて、涼太が暇な時は俺が忙しかったんだもの。でも永さんほどじゃあないけどねぇ」

「こら、商いの話はなしだぞ。さあ、もっと飲め」

雪隆を遮って、則佑が徳利を掲げた。

それぞれに猪口を呑み干すと、早くもほんのり頬を染めた雪隆が言った。

「女たちは……？」

「そろそろ来るだろう。うるさいからって幇間《ほうかん》を返したのはお前じゃねぇか」

「だってわざわざ品川くんだりまで来て、男の芸なんか見たくないもの」

雪隆が肩をすくめたところへ、女たちが現れた。

「勇さま、みなさま、いらっしゃいませ」

先頭切って挨拶したのは、勇一郎の馴染みの松風《まつかぜ》だ。

「本日は品川までご足労くださりまして、ありがとう存じます」

寛政の改革で回向院前やら浅草御門前やらの五十以上の、また天保十三年には四宿を除く全ての岡場所が取り潰された。

涼太の住む神田北からだと吉原の方が近いが、勇一郎の住む日本橋からなら品川へ行ってもそう変わらない。飯盛り女が規制されてからは四宿も少し寂《さび》れたものの、吉原ほど堅苦しくない宿の岡場所を好む者も多く、客足は途絶えていなかった。

品川女郎は四宿の中でも評判高い。菱屋は旅籠の体裁をした私娼宿で、品川女郎でも生え抜きを揃えていると言われていた。

松風の後から四人の女が入って来て、座敷は一気に賑やかになった。

涼太の隣りに侍ったのは、雪音《ゆきね》という既に何度か会ったことのある女だった。

「涼さま、お久しゅうございます」

「ああ、そうだな」

「お元気そうで何よりです」

北国生まれということ以外、涼太は雪音の生い立ちを知らない。つぶらな瞳で顔にはあどけなさが残っているが、二十歳は越していると思われる。情を抱くには至っていないものの、遊女特有の嫌みや媚、嫉妬をほとんど見せない雪音とは話しやすかった。

ごゆっくり――

ふいに律の声が思い出されて、涼太は雪音から目をそらした。

「涼さま?」

「注いでくれ」

一息に猪口を空け、雪音に差し出す。

「はい」

嬉しげに応えて雪音は徳利を手にした。

斜め上から見下ろす形になった雪音の顔が、律のそれと重なった。

律は銀杏返し、雪音は娘島田で簪《かんざし》や櫛も雪音の方が派手なのだが、うなじやこめかみの生え際や、髷から覗く耳、伏せた目のまつ毛が律とよく似ている。

そうか。

だから俺は雪音を……

初めて菱屋に来た時に雪音を選んだのは、知らずに律の面影を見ていたからかもしれないと涼太は思った。

「どうぞ」

猪口を差し出して見上げた顔は、雪音以外の誰でもない。だが、胸中の狼狽《ろうばい》と焦りを隠すために、涼太は受け取った猪口をすぐさま口へ運んだ。

「もっとゆっくり飲んでくださいな」

「そうだ、涼太。酔い潰れちゃあ元も子もねぇや」

横から囃し立てる則佑は、早くも女の肩に腕を回していた。

「うるせぇ。深川まで行って来て喉が渇いてんだ」

「深川まで？　なんだ？　届け物か？」

「届け物……といえねぇこともねぇか。先生に頼まれて迷子を送って行ったのさ」

事情を話すのは面倒くさく、また律のことを明かしたくない涼太は嘘をついた。

「迷子ですか。神田から深川までわざわざ送って行くなんて、涼さまはお優しいですね」

「そんな大したことじゃない」

弥吉たちには無論、同情心があるものの、深川まで足を運んだ主な理由は、少しでも律と一緒にいたかったからだ。今日は店のお仕着せではないし、あわよくば帰りに二人きりで寺社参りでもできないかと思ったが、律にはあっさり断られてしまった。

女たちが踊り出すと、はしゃぐ則佑らを横目に永之進が涼太に囁いた。

「見たぜ、涼太。一緒にいたのは迷子だけじゃなかったろう？」

「永さん」

南茅場町は通り抜けたが、永之進の店の前は通らなかった。しかし、ちょうど近場に出ていたのか、永之進は深川へ向かう涼太たちを見かけたらしい。

「若く見えたが、あの子らの母親か？」

「そんな筈ねぇでしょう。あいつは――」

言いかけて、鎌をかけられたと気付いた。

「あいつはなんだ？」

にやにやしながら永之進が問う。

「ただの……町の者ですよ」

かろうじて言い繕ったが、誤魔化し切れなかったようだ。

「ほおお、ただの町の者かい。まるで若夫婦に見えたがな。――身なりは地味だが、しゃんとしていて俺はいいと思ったぜ」

「ですから」

「心配すんな。勇たちには黙っててやるよ。お前もやるじゃねぇか」

「あら、内緒話ですか？」

踊りを終えた雪音が戻って来て隣りに座った。

酒のせいか踊りのせいか、おしろいを通しても頬が染まっているのが見てとれる。

「なんだよ、二人してこそこそと――」

身体を乗り出した雪隆に、永之進はにやりとして言った。

「涼太に、縁談がきてるんだとよ」

「えっ？」

則佑ばかりか勇一郎まで目を丸くする。

「いや、そういう話もあるってだけで、まだ何も決まっちゃいねぇ」

律のことを白状するくらいなら、永之進の冗談に乗って縁談をでっちあげる方がまだまし
だが、あまり詳しく問われても困る。

「涼太……お前もかよ」

「お前もって、お前もか？」

わざとらしい溜息をつきながら言った勇一郎に、涼太は問い返した。

「違うよ。縁談がきてるのは俺の方さ」と、応えたのは雪隆だ。

「え？　雪隆も？」

驚きを隠せぬ則佑が、涼太と雪隆を交互に見ながら問う。

「そうなんだ……父上の親戚筋で京から来るのさ」

「京女を娶るのか！」

「そう逸《はや》るなよ、則佑。京女には違いないが、気立てがいいとか、よく気が付くとか、夫を立てるとか……とにかく誰も姿形を口にしないんだ。年も二十歳と若くはないし、きっと行き遅れの醜女《しこめ》なんだ」

「ううむ」

「向こうの家も同じ瀬戸物屋だし、遠縁でも身内の方が安心だって親も乗り気で……俺が物申す間もなくとんとん拍子に決まっちまった。春には祝言を挙げるよ」

「まあそれまでは江戸の花を楽しみな」と、勇一郎が笑った。

「ちぇっ。勇一郎は気楽なもんだ」

「俺もそのうち身を固めるさ。けど、女房をもらっても俺は女遊びをやめないよ」

「そうか……そうだな。やめることないよな」

「そうさ。現に永さんだって、こうして時には出て来るじゃあないか」

「春でお見限りなんて嫌ですよ」

馴染みの女にも言われて、雪隆も気を取り直したようだ。新たに酌をしてもらいながら、さりげなく女の腰に手を回す。一見奥手に見える雪隆も、女遊びには慣れていた。

「涼さまなら縁談も驚きませんけど、せめてここにいる間は忘れてくださいな」

「ああ、そうだな……」

雪音に頷きながら、再び律のことが頭に浮かんだ。

――律に縁談がきていると香は言った。

そのこともさりげなく探りを入れてみたかったのだが、二人きりになるとどう切り出したものか涼太は迷った。女遊びに出る後ろめたさも手伝って、結局何も訊き出せずに律とは別れている。

「涼さまったら……」

珍しくやや媚びた声を出し、雪音が涼太の胸に触れた。

「あら、なんですか？」

「ああこれは……」

着物の上から雪音が触れたのは、弥吉から預かった似面絵だった。

「これも先生に頼まれて、ちょいと人探しをしてて――」

懐から取り出した似面絵を広げて苦笑すると、雪音もにっこりした。

「迷子届けに人探しと、お忙しゅうございますね」

「先生は町の名士でね。いつも世話んなってるから、おいそれと断れねぇのさ」

頼まれたというのは嘘でも、今井への感謝の気持ちは本心だ。

「女じゃないか」

雪隆が横から似面絵を取り上げる。

「まさかこれがお前の縁談の――」

「人探しだと言っただろう」

「涼太は人の顔をよく覚えてるからなぁ」

酒が入って更に陽気になった則佑が言った。

と、則佑と一緒に似面絵を覗き込んだ吉野という女が首をかしげた。

「私……この人見たことあるわ」

「えっ？　どこで？」

「どこだったかしら？　つい先日のことよ」

「思い出してくれ」

涼太は思わず身を乗り出した。

「ええと……あ、貝森堂《かいもりどう》で」

「貝森堂？」

雪音が問い返すと、吉野は頷いた。

貝森堂は小間物屋で、紅やおしろいの他、櫛に簪、笄《こうがい》などを扱っており、品川宿の女郎たちの御用達《ごようたし》なのだと雪音が付け足した。

「そうよ。雪音も一緒にいたわ。覚えてない？」

「私はちょっと……」

「化粧はしてたけど大年増の素人よ。少なくとも宿の女じゃないわ」

どこか小莫迦にした様子で吉野は言った。

女郎にも女郎なりの誇りがあるのだろう。それに品川宿、菱屋の女郎ともなれば芸事にも秀でているし、吉原の座敷持ちと変わらぬ人気がある。

「貝森堂か」

明日にでも確かめに行こうと思った矢先、吉野が言った。

「あの日よ、雪音。ほら、私たちは帰った後だったけど、あそこで……」

「あ、あの、盗人《ぬすっと》に手代さんが殺された――」

「そりゃどういうことだい？」

無邪気に問い返した勇一郎に女たちは口々に、先だって貝森堂がこうむった不幸を話し始めた。

八

二枚目の布を取り出してみたものの、律は迷っていた。

弥吉たちを深川に送ってから三日目。それぞれの意匠を決めて昨日は下描き、今日は上絵と、香に頼まれた巾着を仕上げているところであった。

一枚目――香の義母・峰のための牡丹はもう描き終えていた。峰の年頃を考えて、あからさまな牡丹色ではなく、今様《いまよう》色の落ち着いた花を巾着の表に二つ、裏に一つ入れた。

香の母・佐和のための杜若も下描きは既にできていたが、描き出す覚悟にはまだ至っていなかった。

失敗は許されない。それは絹だろうが綿だろうが同じことだ。

だが佐和の――青陽堂の女将の――ためだと思うといつも以上に緊張してしまう。娘からの贈り物とあれば多少出来が悪くても佐和は喜んで使うだろうが、己が得心ゆかぬ絵を町の者――特に涼太――には見られたくなかった。

また、律たちの暮らしを慮って手間賃を弾んでくれた香には悪いが、腕に見合う代金以上をもらうつもりは律にはなかった。律がなんと言おうと香は一分を払うだろうから、律は過分を紫色の染料につぎ込んだ。

杜若と聞いた時は藍《あい》を使うつもりだった。紫草の根からとる紫色の染料は手間がかかる分、値が張るからだ。その上、染液は玉露茶と同程度に温めておかねば鮮やかな紫色が出ないため、律のような居職が使うのは――特に冬場は――難しい。

だが「高貴」というだけでなく、病気や魔除け、縁起物にも多く使われている紫だ。

女将さんの巾着なら、やっぱり紫の杜若がふさわしい――

染料の発色と定着をうながすために使った蒸し釜は、牡丹を仕上げた時のままにしてあった。片付けてしまうのは惜しい気もしたが、躊躇《ためら》いがあるうちは描かない方がいい。

しばらく悩んで、やはり明日にしようと律は思い直した。

どのみち八ツの鐘がなろうという刻限である。

そろそろ先生も指南所から戻るだろうし、あと四半刻もすれば涼太さんが茶を淹れに訪れるに違いない……

そんなことを考えながら、律が道具を仕舞い始めたところへ、二組の足音が近付いて来て家の前で止まった。

「お律」

呼びかけた涼太の声はいつになく固い。

草履をつっかけて引き戸を開くと、涼太と保次郎が立っていた。

「ちょっといいか？」

「ええ……」

中へ入ってから涼太は引き戸を閉めたが、保次郎がいるから二人きりではない。何ごとかと訝りながら、律は二人を火鉢の傍へいざなった。

「ええと、お茶を――」

「そいつは後でいい。……お奈美さんが見つかったんだ」

浮かせかけた腰を下ろし、律は歓声を上げた。

「お奈美さんが？　よかった！」

「そういい話じゃないんだ」

「戻って来る気がないの？　弥吉ちゃんたちを捨てたまま、男の人と――」

「戻って来たくとも、もう無理だ。お奈美さんは亡くなった」

「なんですって？」

「しかも獄中死だ」

ゴクチュウシ、という言葉が一瞬判らなかった。

意味を理解した途端、律ははっと口元へ手をやった。

「まさか……」

「あいにくだが、涼太が言っていることは本当だ」と、保次郎が言った。

「でも、獄中なんて――何故……」

戸惑う律に、保次郎が沈痛な面持ちで顚末《てんまつ》を語り始めた。

長屋を出て三日目、奈美と、一緒にいた欣也《きんや》という男は、品川の小間物屋・貝森堂で盗みを働くことにした。

「居座《いすわ》りって手口だ」

口を挟んだ涼太がいうには、「居座り」というのは、客を装って目当ての店を訪ねた盗人が、何かと理由をつけて店の中に入り込み、夜を待って盗みを働くことらしい。

「手水《ちょうず》を貸してくれとか、中庭を見せてくれとか——そんなことを言って上がり込むんだ。店の者が探しに来ても、上手く隠れてりゃ見つからねぇ。見つからねぇから勝手に帰ったんだろうって店の者は合点しちまう。うちはやられたこたねぇが、居座りの話は年に幾度か耳にする」

「それをお奈美さんも……」

「お奈美は囮役《おとりやく》だった」と、保次郎が続けた。「欣也が上がり込んだのち、手代の気を引くためにあれこれ話しかけたらしい。手代が店の奥を気にした時も、『さっきの人なら出て行きましたよ。商売の邪魔しちゃ悪いと思ったんでしょう』とかなんとか言って、怪しまれぬようおしろいを買ったそうだ」

後は欣也に言われた通り、宿で待つために店を出たところで、奥から叫び声が上がった。欣也が店の主に見つかったのだ。

大声で咎《とが》められ、欣也はやぶれかぶれになった。

初めに駆けつけた手代は欣也の匕首に刺された。欣也が匕首を抜く前に、後からやって来た番頭と主が一緒に飛びかかって押さえつけた。

機転を利かせたもう一人の手代が、店の前でうろたえていた奈美を捕まえたという。

奈美たちが調番屋で調べを受けているうちに、刺された手代の死が知らされた。金はまだ盗んでいなかったが、この知らせを受けて欣也は死罪となった。

奈美は死罪にはならず江戸払いとされたが、欣也が斬首されたと知ってすぐ、引き裂いた袖をつないで牢内で首を吊ったと保次郎は言った。

「お奈美は罪状はすぐに認めたが、身分については嘘をついていた。調番屋では、独り身で名は若鶴《わかつる》、住まいは浅草、田原町《たわらちよう》で市子《いちこ》をしていたと言っていた」

市子は降霊術を主に行う女占師で、巷では女たちに人気だった。

「家の者に知らせようにも、田原町ではそのような市子は誰も知らぬという。涼太が知らせてくれなかったら、あのまま無縁仏となるところだった」

「涼太さんはどうして……？」

「品川でお奈美さんを見かけたって人がいてな……」

貝森堂にいたその目撃者と友人は騒ぎが起こる前に店を去ったそうだが、涼太は似面絵と共に貝森堂の手代に直《じか》に確かめて、捕まった女が奈美だと知った。その足で八丁堀まで出向き、保次郎の帰りを待ちつつ事情を教えてもらったのだと涼太は言った。

「そんな……だって、なんて言えばいいの？　弥吉ちゃんたちに……」

七日の猶予など意味がなかった。

弥吉たちが似面絵を番屋に託す前に、奈美は牢屋で死していたのだ。

律が声を震わせた時、引き戸の外で微かな音がした。

「慶太郎？」

今日は恵明のところへ手伝いに出かけている筈である。

慌てて土間へ下りた律が引き戸を引くと、立ち尽くした弥吉がそこにいた。

「弥吉ちゃん……」

律が声をかけたところへ、手をつないだ今井と清が木戸をくぐってやって来る。

「やれやれ、やっと追いついた。御成街道で二人に出会ってね。深川へ帰る前に一緒におやつでもと――」

にっこり笑った今井だったが、律たちを見て眉をひそめた。

「一体どうしたんだ？」

「清、似面絵を出せ」

今井には応えず、清へ歩み寄ると弥吉は手を差し出した。

「おっかさん？」

「そうだ。早く出すんだ」

固い顔の弥吉に首をかしげながらも、清は懐から似面絵を取り出した。

清の手から似面絵を引ったくると、弥吉は二つに引き裂いた。

「ちくしょう！」

「おにいちゃん！」

「ちくしょう！　ちくしょう！」

二つに裂いた似面絵を更に四つに、八つに——散り散りにしていく。

「やめて！　おっかさん！　おっかさんのえ！」

「弥吉ちゃん！」

「弥吉！」

律と涼太が同時に叫んだ。

律たちを振り向きもせず、弥吉は駆け出した。

投げ出した似面絵の切れ端が清の目の前で、牡丹雪のごとく舞う。

「おにいちゃん！」

律が先に走り出た。

「清ちゃんをお願い！」

言い捨てて、木戸の向こうへ消えた弥吉の背を律は追った。

「弥吉ちゃん！　待って！」

裾をたくし上げ、応えぬ弥吉を追って律は懸命に走った。

相生町から東に向かい、松永町を抜けたところで弥吉は南に折れた。そのまま和泉橋から神田川を渡るのかと思いきや、橋の手前を今度は東に折れて行く。

「待って——弥吉ちゃん、待ってちょうだい……」

二町ほど川沿いを走ったところで、弥吉の足が緩んだ。

追いついた律は息を切らせながら弥吉の肩に手をかけたが、弥吉は律を見やることもなく、ただ川面《かわも》を睨みつけた。

「ばかだ……おっかさんは、ばかだ――」

律の手を払い、弥吉は手当たり次第に引っこ抜いた草やら石ころやらを土手へ投げた。

「ちくしょう！　ちくしょう！　ちくしょう！」

律はしばし立ち尽くしていたが、草葉で切ったのか、弥吉の手のひらに血が滲むのを見て足を踏み出した。手を取ると弥吉はようやく律を見上げる。

泣いていた。

次から次へと溢れる涙を、弥吉は反対側の手で拭う。

懐から手ぬぐいを出すと弥吉に握らせた。

弥吉は、以前清がそうしたように、手ぬぐいを目頭にあてて嗚咽を漏らした。

「ちくしょう……」

座り込んだ弥吉の隣りへ律も腰を下ろす。

「弥吉ちゃん……」

「おっかさんはばかだ……」

否定してやりたかったが、律自身、奈美の愚かさには腹を立てていた。

子供らのためにも、何ゆえ他の生き方を選ばなかったのか。

我が子を置いて好いた男と町を出た奈美だが、律にはどうしても奈美が幸せだったとは思えなかった。

牢屋で自害したのだって、男の人の後を追うためだけじゃない……

「……お奈美さんは、きっと悔いてたと思う」

かろうじて律が言うと、弥吉は泣きながら鼻を鳴らした。

「そんなことあるもんか。あいつはただの――」

「そんな風に言わないで」

実子が母親を「あいつ」呼ばわりするのを聞くのは、律の方がつらかった。

「……お奈美さんはきっと、最期に弥吉ちゃんたちを想ったに違いないわ」

「うそだ！　うそつき……」

「でも、私はそう思うの」

ときの話を思い出しながら律は続けた。

「おときさんが借りてくれた仲町の長屋を出た時、お奈美さんは逃げなかったよね？　一人で出て行くこともできたのに、弥吉ちゃんを連れてった」

「おっかさんは意地っ張りだったから――おときさんにいろいろ言われて腹を立ててたんだ。おときさんは、よくしてくれたのに……」

「それから何年か経って、おときさんが縁を切るって言った時だって、ちゃんと男の人と別れた。深川に越して、心機一転、弥吉ちゃんたちのために……」

「自分のためだよ……深川の男を好きになったから……」

「お調べでお奈美さんは嘘をついた。浅草に住む独り身だって言ったのよ。お奈美さんがどうしてそんな嘘を言ったのか……弥吉ちゃん、判る？」

律を見上げた弥吉の目から、拭ったばかりの涙が再び溢れ出す。

微かに呻《うめ》き声を漏らしたかと思うと、今度は声を上げて泣き出した。

「わああぁぁぁぁ——！」

痛みと怒りが交じった叫びが弥吉の口からほとばしる。

かけるべき言葉が判らず、律はただ涙をこらえるので精一杯だった。

独り身だと嘘をついたのは、子供たちや妹に累《るい》が及ばぬようにと、奈美なりに考えてのことだったであろう。

弥吉ちゃんたちが、人殺しの子供だとそしりを受けないように……

自害したのも、生きていれば己がいつか必ず、子供たちの枷《かせ》となる日が来ると思ったからではなかろうか。

これらは推測に過ぎないが、奈美は死に、弥吉たちは生きていかねばならない。それなら己の想像がせめてもの慰めにならぬものかと律は願わずにおられなかった。

力の限り叫んだのちに突っ伏した弥吉の背へ、律はそっと触れた。

ふと振り返ると、十間ほど後ろに清を抱いた涼太が立っていた。

同じく振り返った弥吉も、清に気付き、慌ててごしごしと顔を拭う。

清の頰にも、清を抱いていた涼太の胸にも涙の痕がある。弥吉に置いて行かれたと、泣きながらここまで来たに違いない。

涼太の腕から降りると、清はおずおずと弥吉に近付いた。

「あたし……もうないてないよ」

「……おれももう、泣いてない」

「だから、いっしょに……」

「ああ」と、弥吉は頷いた。「いっしょに帰ろう」

——長屋へ戻ると、今井の家で涼太が茶を淹れた。

火鉢の傍で、泣き疲れた清は弥吉と手をつないだままうとうとしている。起こさぬようにそっと清の身体を抱えて、今井が己の綿入れで包んでやった。

「今日はここへ泊るといい」

「……はい」

「明日は一緒に大家へ挨拶にゆこう」

「はい」

頷いた弥吉の目はまだ少し赤かった。

茶を飲み干した保次郎が、刀を差しながら暇を告げた。

表へ一歩踏み出し、空を見上げる。

「降ってきたか……」

つぶやいた保次郎の向こうに、大粒の雪がはらはらと舞い落ちていくのが見えた。

鉄瓶に水を足しに立った涼太が言った。

「牡丹雪だ。この塩梅《あんばい》ならすぐにやみますよ。とはいえ、定廻りの旦那に風邪でも引かれたら困りやす。うちの傘をお貸ししましょう」

「かたじけない」

二人が連れ立って出て行くと、弥吉が窺うように律を見た。

「あのぅ、お律さん」

「なぁに？」

「似面絵……やぶってごめんなさい。せっかく描いてくれたのに――」

「いいのよ」

「それで……もういっぺん描いて欲しいんです。その……清のために……」

「お易い御用よ」

頷いて律も筆を取りに行くべく、雪の舞う表へと出た。

九

「この年の瀬にすまぬ」

「いいえ、いつでも仰ってください」

麻布《あざぶ》で掛け取りともめた鰻屋が掛け取りを刺し、騒ぎを収めようとした通りすがりの二人をも切りつけて逃げたという。掛け取りは息を引き取り、通りすがりの一人も重傷だ。もう一人も左腕をざっくり切られていたが、「逃がしゃしねぇ」と息巻いて、保次郎と共にやってきた。

逃げた鰻屋の似面絵と引き換えに、懐紙に包んだ物を律は保次郎から受け取った。

この世から悪人がいなくなればいいと願っていながら、似面絵の礼金をありがたいと思う己がなんとも恨めしい。

「ではごめん」

にこりともせずに保次郎が証人を連れて出て行くと、律、涼太、今井の三人は顔を見合わせて苦笑した。

懐紙の中身は一分で、律はそれを預けるべく今井に渡した。

昨日も一分、香からもらった巾着絵の代金を預けていた。明日あさってで、池見屋からの仕事を仕上げたら、今年はもう仕事納めである。

「また涼太の方が先に見つけるんじゃないのかい？」

「冗談で御用聞きにならねぇかって、広瀬さんに訊かれましたよ」

「それは冗談じゃないんじゃないか？」

「勘弁してくださいよ。そんな暇ありませんや」

「うむ。今以上に忙しくなって、涼太の茶が飲めなくなると私たちも困る。なぁお律？」

「ええ、まあ……」

曖昧に応えながら、律は涼太をちらりと見やった。

浅草の事件の時は涼太の記憶が役立ったが、此度、奈美の消息が知れたのは目撃者がいたからだ。

涼太が「人」と言ったから、なんとなく男を思い浮かべたのだが、後日、詳しく話を聞くうちに貝森堂が女郎たち御用達の店だと判って律は悟った。

貝森堂でお奈美さんを見かけたのは女の人で、おそらく宿のお女郎……

品川宿が、吉原に負けず劣らず賑わっているのは律も知っている。また、商家の若旦那に限らず、男にはそういった場所での集いがままあるということも。

しかし——女遊びも男の甲斐性のうちとはいえ——女の律には面白くない。

「なんだ？」

「なんでもありません」

素気なく涼太に応えて、律は湯呑みを口に運んだ。

――綾乃さんなら、こういうことも平気なのかしら？

何故か綾乃の顔が浮かんで、律は二口、三口と続けざまに茶を含む。

花街で遊ぶ男に狭量《きょうりょう》なのは己が庶民だからで、大店の娘となれば当然のこととして受け流せるのかもしれない。

香ちゃんもそんなことは一言も言わないし……

香から遊女に対する嫉妬めいた話は聞いたことはないが、それは香が気にしていないからか、はたまたおぼこの己に遠慮してのことなのか、律にはどうにも判じ難かった。

「なんでもねぇって面かよ、それが」

「似面絵をたくさん描いたから、喉が渇いているんです」

「なんだ。じゃあ、新しいのを淹れてやるよ」

ふっと笑って涼太は立ち上がった。

「私ももう一杯」

「かしこまりました」

もう。

人の気持ちも知らないで――

そう思ったのも一瞬で、律は内心首を振った。

私はまた、見当違いの嫉妬をしてる……

「弥吉ちゃんたち、どうしてるでしょうか？」

気を取り直して今井に訊いてみた。

「上手く馴染んでくれればよいが――まあ、あの二人なら案ずることもなかろう」

四日前、弥吉たちが今井宅に泊まった翌朝、律は奈美の似面絵を数枚渡した。

――わぁっ。おっかさん。おにいちゃん、おっかさんだよ――

――うん――

――おっかさんわらってる。わらってるおっかさんだよ――

――見りゃわかるよ――

今井が指南所から帰って来るのを待って、律も一緒に深川へ行った。

大家の手配りで、弥吉は年越しを清の引き取り先で過ごすことになったが、年明けの藪入り後には奉公先へと向かう。

長屋の住人に挨拶をし、律と今井は大家と共に弥吉たちと万年町へ向かった。

奈美の死を、清やときには告げないで欲しいと、清が眠っている間に弥吉は保次郎に頼み込んでいた。ゆえに保次郎の計らいで、奈美は身寄りのいない、浅草の市子・若鶴として葬られたままだ。表向き奈美は行方不明のままで、弥吉たちは母親に置き去りにされた憐れな子供たちとして引き取り先に迎えられた。

万年町への道中、清は母親のことを一言も口にしなかった。

清なりに何か察していたのだろう。

長屋を去った時も、万年町へ行った時も、泣くことなく弥吉より大きな声で挨拶をした。

笑顔の奈美を描いたのは己の願望に過ぎなかったが、似面絵を見た清の喜びように律は少しばかり救われた気持ちになったものだ。

悪い想い出よりも、いい想い出の方が多かったのだと信じたかった。

新しく注がれた茶を飲みながら、更に二、三、世間話をして律は自分の家に戻った。

大晦日は六日後に迫っていた。

池見屋から今年最後に請け負った仕事は巾着絵で、注文したのは浅草の大店のおかみだと聞いた。巾着は年明けの恵方《えほう》参りに子供に持たせるそうで、渡された下描きには松と亀の絵が描かれていた。

下描きはおかみ自身が描いたという。つたない素人絵だが、子供の幸せと長寿を願う母親の気持ちが、独り身の律にも伝わってくる。

駆け足が聞こえたかと思うと、勢いよく戸を開いて慶太郎が帰って来た。

「ただいまぁ！」

「おかえんなさい」

「寒い！　寒い！」

「早く上がって火にあたんなさい」

上絵の道具があるとはいえ、二人きりには広い家である。

父親の伊三郎が生きていた頃は、描きかけの反物を張った張り枠がいくつも壁に立てかけられていたものだ。日に何度も蒸し釜を使ったから、冬場でも日中はあまり寒さを感じなかった。

思い立って律は文机を引き寄せた。

「……慶太郎は、おっかさんを覚えてる？」

きょとんと律を見つめてから、慶太郎ははにかんだ。

「え、うん……ちょびっとだけど」

筆をとって、ゆっくりと紙の上を走らせる。

「おっかさんは、川南の下白壁町《しもしらかべちょう》で育ったのよ。幼い頃に親を亡くしてね。叔父さんの家に引き取られたの。叔父さんは左官で、おっかさんを左官のお嫁にしたかったんだけど、おっかさんはおとっつぁんと一緒になったの」

「おっかさん、かけ落ちしたの？」

「またそんなませたこと……」と、律は苦笑した。「駆け落ちだったらもっと遠くへ逃げてたわよ。駆け落ちではなかったんだけど、叔父さんは怒っちゃってね。おっかさんは勘当同然で相生町へ嫁いできたの。勘当って判る？」

「かんどうくらい知ってらぁ」

本当かどうか怪しいものだが、わざわざ問い返しはしなかった。

その叔父夫婦も伊三郎の両親――律たちの祖父母――も、文政十三年の「三日コロリ」と呼ばれた流行病《はやりやまい》でとっくに亡くなっている。

「丸髷に、黄楊《つげ》の櫛には桔梗《ききょう》の彫り……櫛はおとっつぁんからの贈り物よ。塗りの櫛じゃなくて彫りの櫛にしたのは、蒔絵《まきえ》でおとっつぁんの気に入るものが一つもなかったからなんですって。桔梗はおっかさんが好きだった花よ」

もったいないと母親の美和は言ったが、伊三郎がのちに美和のために描いた着物の桔梗の上絵には、紫色が使われていた。

紙の上に浮かび上がる母親の顔を、いまや慶太郎は食い入るように見つめている。

「左の目尻には泣きぼくろ……目尻にほくろのある人は、美しく幸せな一生を送るといわれているの。おっかさんはあんな死に目に遭ったけど、家ではずっと幸せそうだった」

美和の顔を描き上げて慶太郎に渡すと、律はすぐさま二枚目に筆を下ろす。

描き続けている間は泣かずにいられると思った。

「おとっつぁんは両国の草履屋の三男だった。小さい頃から絵が得意だったから、十一の時に、長屋の人の紹介で三島町《みしまちょう》の上絵師に弟子入りしたんだって。おとっつぁん、顎が少し尖ってたね。目は小さめで、芝居に出てくるような美男じゃなかったけど、町の誰もが認める洒落《しゃれ》者だった。家では丸めてた背も、外に出た時はすっと伸びてて――」

無口な方で、外では無愛想だと言われたが、家族にはよく笑顔を見せた。

――美和が辻斬りに殺されるまでは。

律の描いた絵の中で、伊三郎は目を細め、温かい微笑をたたえている。

「慶太郎が生まれた時、おとっつぁんがどんなに喜んだことか……」

「おとっつぁんが？」

美和が死した時、慶太郎は四歳だった。酔った勢いで何度も慶太郎に手を上げた伊三郎だ。慶太郎は父親の笑顔なぞとっくに忘れてしまっただろう。だが「三つ子の魂百まで」というのが真なら、荒《すさ》む前の父親をどこかで覚えていてくれまいかと律は願った。

「そうよ。慶太の名前だって、おとっつぁんが考えに考え抜いてつけたのよ。慶太郎なんて涼太さんより立派な名前でしょ？　おっかさんはまずいって言ったんだけど、『慶は慶事の慶――これよりめでてぇことはねぇ』って、おとっつぁん、譲らなかったのよ……」

つい潤んでしまった目を律が袖で拭う前に、慶太郎が手ぬぐいを差し出した。

「……姉ちゃん、つらいの？」

「ううん、つらくはないわ」

慶太郎を見つめて律は首を振った。

こうして思い返すと、両親がいない寂しさよりも、二人と過ごした日々がただ優しく律の胸を満たす。

律が微笑むと、慶太郎も照れくさげに笑みを漏らした。

「……じゃあ、もっと描いて」

「うん」

「もっと――おっかさんとおとっつぁんの話をして」

「うん」

冬至《とうじ》はとっくに過ぎたというのに日はまだ短く、今日も雪になろうかという冷え込みだ。

家には小振りの長火鉢が一つあるだけだが、一人だった日中よりも、二人でいる今の方がずっと暖かい。

今一度目尻を拭ってから、律は筆を握り直した。

第三章

絵師の恋

一

どたどたと駆けて来た足音が、戸口の前で止まった。

「先生、ちょっといいですか？」

大家の又兵衛《またべえ》の声である。

「どうぞ、どうぞ」と応えたのは今井直之で、その今井に頷いて律が立ち上がった。

草履をつっかけて引き戸を開くと、又兵衛の顔が覗いた。

三箇日《さんがにち》を終えた睦月《むつき》も四日目のことである。

表店・青陽堂の跡取りの涼太や、定廻りの広瀬保次郎に遠慮してだろう。今井宅での茶のひとときに長屋の者が訪ねて来ることはまずなかった。上気した又兵衛の顔を見て、一体何ごとかと、今井も涼太も腰を浮かせかけている。

「お茶の合間にすみませんが、りっちゃんに用が――」

「私に？」

「似面絵《にづらえ》を一枚、今すぐ頼むよ」

「え？　ああ、はい。じゃあ紙と筆を――」

「急いで急いで。じゃないと顔を忘れちまう」

今井が文机《ふづくえ》ごと律の方へ押しやった。

「又兵衛さん、一体どうしたんですか？」と、今井が問うた。

「あの男をまた見かけたんですよ」

「あの男とは？」

「近頃、近所をうろうろしてる怪しい男がいましてね……りっちゃん、あたしが忘れないうちに手早く頼むよ」

「はあ」

「ええと、顔はあたしより広くてね。鍾馗《しょうき》さまのように眉が太い。鼻はどっしりしていて、唇は厚め――」

「――左目の上に一寸ほどの傷がある」

又兵衛のために新しい茶碗に茶を注ぎながら涼太が言った。

「若旦那、どうしてそれを？」と、又兵衛が目を見張る。

「私も、二、三度見かけてます。背丈は私と変わらないが、私より三貫は目方がありそうだ。うっすら隈《くま》のある、目つきの鋭いやつでしょう？」

「そうそう！　そいつですよ！　こう、眉間《みけん》に皺を寄せた強面《こわもて》の……」

又兵衛がいうには、男は年末から辺りに出没するようになったらしい。

「掛け取りかと思ってね。初めはあんまり気にしてなかったんですよ。なのに、もう十日になりますかね。正月過ぎてもいるなんて、おかしいでしょう？　盗みの下見か喧嘩の仇討ちか、とにかくよからぬことを企んでるじゃないかと思うんです。じきに藪入りで子供らも帰って来ますし、あんなのがうろちょろしてちゃ物騒《ぶっそう》でいけません。今日はしっかり顔を見ましたからね。だから似面絵を描いてもらって、ご近所さんに知らせておこうと」

「それはよい案ですな」

今井が頷くと、又兵衛は嬉しげに頭に手をやった。

下描きを見た又兵衛と涼太が口々に言う直しを聞いて、律は似面絵を描き上げた。

「そうだ。この男だよ！　流石《さすが》、りっちゃん。若旦那も……やはり頼りになりますなぁ」

おべっかめいた口調だが、涼太が頼りになるのは本当で、又兵衛を始めとする長屋の住人はみな、町の大店《おおだな》の青陽堂を誇りに思っていた。相生町《あいおいちょう》の外で「又兵衛長屋」と言っても通じないが、「青陽堂の裏」と言えば少なくとも神田の者ならすぐに判る。

「青陽堂さんも気を付けておいた方がいいですよ」

「女将に伝えておきます。ご親切にありがとうございます」

「いえいえ。お邪魔してすみませんでした」

茶を飲み干すと、似面絵を持って又兵衛はさっと立ち上がった。

「りっちゃん、あんがとうよ」

年が明けて二十二歳になった律だが、五十代の又兵衛を始め、古くからいる長屋の住人たちには「りっちゃん」と呼ばれていた。今井や涼太の前でいつまでも子供扱いされているようで気恥ずかしい反面、二親を亡くしても長屋の一員でいられることを嬉しく思う。

「私でお役に立てるのなら、いつでも」

早速《さっそく》、近隣の長屋を回って来るという又兵衛が出て行くと、涼太が新しい茶を淹れた。

「あんな人がうろついているなんて、ちっとも知らなかったわ」

「そりゃ、お律は日がな一日こもってることが多いから……しかし、私も見かけたことはまだないな」

「先生も指南所から帰ると大抵家にいるでしょう。俺があいつを見かけたのは、大体今時分から夕刻にかけて――おそらくどこかで一仕事終えた後に、暇を見つけて来てるんじゃないかと」

「なるほど」と、今井が頷いた。

「でもそんなに怪しい人なら、もっと人目を避けるんじゃないかしら？」

「それもそうだ。強面だから悪いやつだと決めつけるのはよくないね」

「とはいえ、先生、実に怪しいやつなんですよ。何か用かと、こっちがちょいと睨みを利かせただけで、さっといなくなっちまうし――」

「嫌だわ。逆上されたらどうするの」

喧嘩の仇討ち――といった又兵衛の言葉が思い出されて、律は眉をひそめた。

「そんなこと言ったって……用があるなら、さっさと言やぁいいんだ。道案内や人探しならこちとらもやぶさかじゃねぇ」

「でも涼太さん、睨んだんでしょう？」

「あんなのがうろちょろしてちゃあ、おちおち丁稚を遣いに出せやしねぇからな。それに、似面絵を見たろう？　俺が睨んだくらいでびくつくような玉じゃあねぇさ。なのに逃げてったのは後ろぐれぇことがあるからだろう」

「そうだなぁ。だが、盗みの下見にしては目立ち過ぎている……」

「そうなんですよ。なんにせよ、又兵衛さんが近所に話してくれるなら一安心です。そうだ、お律、似面絵をもう一枚描いてくれよ。念のため広瀬さんにも渡しておこう」

「ええ」

先ほどの似面絵を思い出しながら、もう一枚描いて涼太に渡した。

店に戻る涼太が戸を開けると、ぴゅうと一際強い風が舞い込んだ。

「春一番……にはちと早ぇか。まだしばらく寒い日が続きそうだな」

「藪入りの後はお彼岸よ。春もすぐだわ」

涼太に続いて草履を履いた律が言うと、今井は火鉢に手をかざしながら応えた。

「年寄りには待ち遠しいよ」

七歳で律が指南所に通うようになった時、今井は既に三十代だった。今井は今年四十六歳。身のこなしは変わらないが、鬢には白髪がぐっと増えた。

「寒いのを嫌がってるようじゃまだまだですぜ、先生。亡くなった祖父《じい》さまは、冬より夏を嫌ってました」

「そうなんだ。夏の暑さもこたえるんだ」

「やめてください、先生。先生には長生きしていただかないと」

思わず律が口出しすると、今井が苦笑した。

「どうも愚痴めいたことを言ってすまなかったね。長生き——したいものだ。これからどんどん世は変わっていくだろう。どこまで見届けられるか楽しみだよ」

目を細めた今井にほっとすると、律は暇を告げて隣りの自分の家に戻った。

二

二日後、律は今井や涼太と連れ立って出かけた。

上野の池見屋へ行く律と、春日恵明を訪ねる今井に、届け物に行く涼太も途中まで同道することになったのだ。

「道中、何か菓子を買って行こう。池見屋に品物を納めたら、恵明のところへ寄りなさい。一緒におやつにしようじゃないか」

「はい」

「菓子なら、ちょいと回り道になりますが、妻恋町《つまごいちょう》に新しい茶屋が開きまして、そこの茶饅頭が評判ですよ」と、涼太が言った。

「ほう。それならそいつを手土産にするか。店の名はなんていうんだい？」

「こい屋ってんで」

「ほほう。妻恋の恋か」

「濃い茶の濃い、かとも言われてますが」と、涼太は笑った。「抹茶でなく番茶ですが、安い割に惜しげもなく濃い茶を出すんです。こい屋でよけりゃあ、案内しますよ。ついでに茶を飲んで温まって行きましょう」

葉茶屋の若旦那だけあって、茶屋の茶にも厳しい涼太だ。涼太の顔からして、どうやらこい屋の茶は涼太の御眼鏡にかなったものらしい。

「しかし妻恋町となると、お前には随分遠回りだろう」

涼太の届け物先は阿部川町《あべかわちょう》で上野と浅草の間にあるが、妻恋町は御成街道から四町は西にある。

「なぁに、行って帰ってもほんの四半里です。大した寄り道じゃありません」

涼太の案内で向かったこい屋は繁盛していて、縁台には茶を飲む女たちが鈴なりになっていた。しかし寒いからか遣いの途中なのか、みな一様に黙って茶を飲み干すと、お代を置いてさっと立ち上がる。律は涼太に促されて、二人連れが立ったところへ今井と並んで腰かけた。茶饅頭を包んでもらう傍ら茶を頼むと、慣れた手つきで女がすぐさま茶を運んでくる。律が茶托《ちゃたく》を受け取ると、女が意味ありげに律と涼太を交互に見やった。

今井が一緒だから二人きりではないし、涼太は立ったままだ。涼太は店のお仕着せだが、池見屋に行く律はいつもよりはましな恰好をしている。何も恥ずかしいことはないと己に言い聞かせるのだが、仕舞い込んだ涼太への恋心を女に見透かされたようで、律はうつむき、黙って茶をすすった。

茶は聞いた通りの濃い番茶で、渋みは強いがその分身体が温まる気がした。

長尻《ながじり》する気はもとよりない。

饅頭の包みを受け取ると、茶を飲み干して、すぐに律たちは歩き出した。

「繁盛していたね。こりゃ饅頭も期待できるな」

「先日は、あれほどじゃなかったんですが……」

「それだけ評判がいいってことでしょう。お饅頭、慶太郎もきっと喜ぶわ」

のんびり話しながら湯島天神の前を折れ、広小路が近くなった辺りで涼太が足を止めた。

「涼太さん？」

「あいつだ」

「あいつ？」

「あの、怪しい男だよ」

涼太が顎をしゃくった先に、出店の前に佇む男がいた。

十間ほど離れていて横顔しか見えず、律には判別できないが、男を幾度か見かけている涼太は確信しているようだ。

「というと、又兵衛さんの言っていた――」

今井が問いかけたところへ、男がひょいとこちらを振り向いた。

小首をかしげてから、はっとした顔をして足早にこちらへやってくる。

いかつい顔だが、年の頃は二十五、六歳。「鐘馗さま」ほどではないが眉は太く、左目の上には一寸ほどのひっつれた傷がある。又兵衛が言ったように鼻は大きめで唇も厚いが、曇りのない目はどこか律の想像とは違っていた。

律と今井を庇うように涼太が二人の前に立った。

「旦那、一体何用で――？」

詰問《きつもん》調だが「旦那」と涼太が呼んだのは、男がやや年上だからだろう。

「怪しいもんじゃやねぇよ」

涼太に一言応えてから、男は後ろの今井に呼びかけた。

「お師匠さん。お師匠さんじゃありませんか？」

「いかにも私は指南所の師匠だが……」

戸惑う今井に、男はぎこちない笑顔を向けた。

「忠次《ちゅうじ》です。――といっても判らねぇか。もう十五、いや、十六年前になりやすや。八つから九つの一年ほどだけ、お師匠さんに教わったことがあるんで」

「八、九の時に一年だけ……ああ、判った。左官の息子で芥子《からし》色の着物を着ていた……」

「そうです。その忠次です。覚えていてくだすったとは……」

やや潤んだ忠次の目を見て、涼太も警戒心を緩めたようだ。二人の再会の邪魔にならぬよう一歩退いて律の横に立つ。

「教え子を忘れるほど、耄碌《もうろく》しちゃいないよ。しかし私が覚えているのはみな子供の時だけだ。言われなければ、とても判らなかったろう」

「どこのやくざ者が因縁をつけてきたかと思われたでしょう？」

ぼんの窪《くぼ》に手をやって忠次は苦笑を漏らした。

「強面の自覚はあるのだな。だが、よく見ればあの頃の面影があるよ。南大工町《みなみだいくちょう》に越したと聞いたが、また神田北に戻って来たのかい？」

「いや、今はその……京に住んでおりやして。経師屋《きょうじや》をやっとります」

「京とな」

流石の今井も目を見張った。

「……それはお前、いろいろあったのだろうね。それで、京の経師屋が何ゆえ江戸に？」

「江戸で一つ仕事を承りましてね」

「ほう。経師屋がわざわざ京から出向くほどの大仕事とは興味深い。どうだ、そこらでちょいと一杯？」

「俺は構いませんが……」と、忠次はちらりと律と涼太を窺った。

「ああ、この子らも私の昔の教え子だ。涼太とお律。二人とも別に用があるのだが、途中まで一緒に行こうと出て来たのさ」

「涼太というと青陽堂の――道理で見覚えがあると思った。随分若い番頭だと思ったが、若旦那だったのか」

「店の前で何度かお見かけしました」

「指南所でも会ってるが、ほとんど話さなかったな。もっとも俺は若旦那が通い始めてから三月《みつき》ほどで越しちまったが」

「そうですか」

とすると、律が涼太に一年遅れて指南所に入る前のことである。

「涼太、お律、あまり遅くなるとまずいだろう。私に構わずおゆき。忠次、お前はどこへ行くところなんだい？」

「今日はもう一仕事終えたんで、宿へ帰るところです」

「宿はここから近いのかい？」

「いえ、不忍池《しのばずのいけ》の方です」

「そりゃちょうどいい。私が訪ねようとしている友人宅も不忍池の近くでね。だったら友人宅で飲もうじゃないか。気さくなやつだから遠慮はいらないよ」

「ではお言葉に甘えて。ちょいとお師匠さんにお訊きしたいこともありやすし――」

阿部川町へ行く涼太とは広小路で別れた。

池見屋に行く律は今井たちについて広小路を北へ折れたが、律の行き先を聞いて忠次が驚いた顔をした。

「奇遇だな。池見屋の女将さんは私の親方の知人なんだ。此度《こたび》の宿を世話してくれたのも女将さんさ」

「まあ」

「とすると、もしやお律さんは職人で？」

「はい。そのぅ……上絵を少々……」

尻すぼみになったのは、紋絵も着物絵もまだ任せてもらえていないからであった。

忠次は、京に住みながら江戸から仕事を頼まれるほどである。とすると、おそらく類も認める腕前なのだろう。

「そりゃすごい」

「でもまだ大した仕事は……」

「あの女将さんに見込まれてんなら間違ぇねぇ。仕事には厳しい人だと、親方からよく聞かされてるし、実際あすこに出入りしてるのは、俺から見ても腕のある人ばかりだ」

「はあ、しかし私はまだまだで」

声が低い上に真顔だから、強面は変わらない。

でも、けして悪い人じゃない——

のちに恵明の家で会うことを約束して、律は二人と別れた。

三

「襖絵《ふすまえ》、ですか?」

「そうだよ。京であいつが描いた絵を、えらく気に入ったお方がいてね」

池見屋で道中忠次に出会ったことを話すと、類が忠次の「仕事」を教えてくれた。

驚いたことに、忠次は襖絵を描くために江戸に呼ばれたのだという。呼んだのは南新堀《みなみしんぼり》町《ちょう》の廻船《かいせん》問屋・久丸《ひさまる》の隠居だ。経師屋と聞いていたから、名画の表装《ひょうそう》でも頼まれたのかと思っていたら、絵師でもあると聞いて律は驚いた。

「もともとは忠次は絵の才を買われたのさ。あれからもう七年か。ああ、恵明先生のとこへ寄るなら、酒を持ってっとくれ」

手代が用意した酒瓶を持たされて、律は池見屋を後にした。

――恵明宅では、今井と忠次が既に呑み始めていた。

恵明は患者を診るのに忙しく、慶太郎も遣いに出ていていない。

下戸《げこ》ではないが、律は酒より茶の方が断然好きだ。酒瓶は今井に渡し、女中が用意してくれた茶碗を恐縮しながら受け取った。腰を落ち着けると、今井に勧められるまま、こい屋で買った饅頭を一口食《は》む。

あんこからほんのり柚子《ゆず》の香りと味がした。

「これは評判になる筈だわ」

「親方に土産にしたいくらいでさ」

酒が入ったからか、先ほどよりくだけた調子で忠次が言った。

「忠次の親方は慶太郎と同じく、甘い物に目がないそうだ」と、今井が付け足した。

「忠次さんは襖絵を描きに江戸にいらしたとか……」

類から聞いたと言うと、今井に話した身の上話を忠次は律にも繰り返してくれた。

母親は江戸、父親は駿河《するが》出身で、二つ年上の兄が一人いたという。

「親父は腕のいい左官だったが、短気な上に酒癖が悪くてね……喧嘩しちゃあそれきりで、一体何人の親方についたことか」

忠次の父親は駿河で生まれて、十六歳の時に叔父について江戸に出て来た。叔父の口利きと腕の良さを買われてすぐに仕事にありついたものの、仲間との喧嘩が理由で二年で棟梁《とうりよう》のもとを離れた。

二人目の棟梁のもとにいる時に、副棟梁の娘と祝言を挙げた。

「そこでは四年と一番長くもったが……」

酒癖の悪さを咎められ、舅と仲違いし、二歳の長男と妻を連れて一家を飛び出した。

「俺が生まれる前に、腹ぼてのおふくろ共々、祖父さんに勘当されて、そこからは落ちぶれるばかりさ。腕を見込んで雇ってくれる棟梁はいたが、どこも二年ともたなかった。神田の南じゃ愛想をつかされて、深川、浅草、向島《むこうじま》……と転々とした。向島の次に神田の北に越して、お師匠さんと出会ったのさ」

徐々に苦しくなっていく暮らしを、父親は忠次のせいにした。

「親父は兄貴がお気に入りで……兄貴は親父似だったし、俺はどうやら舅の祖父さんに似ちまったらしい」

忠次は苦笑してみせたが、律は笑顔を返せなかった。

「母親は庇ってくれた」と忠次は言ったものの、それも五、六歳の頃までで、そのうち父親同様、暮らしの不満を忠次にぶつけるようになったそうだ。

一家が仲町から南大工町に越したのは、父親の仕事の都合であった。同時期に兄も同じ棟梁のもとへ修業に入った。

だが兄はなかなか仕事を覚えられず、一家の苛立ちはやはり忠次に向けられた。

忠次の顔の傷は、苛立ちに任せてこてを振り回した兄によってつけられたという。忠次の左腕にも、顔を庇った時に切られた傷痕がありありと残っていた。

二日と経たずにこのことが棟梁の耳に入り、父親と兄はこっぴどく叱られた。それをまた逆恨みした父親は、「故郷に帰す」と嘘をつき、忠次を人買いに売り飛ばした。

忠次を買ったのは神奈川宿で賭場《とば》を営む香具師《やし》だった。

「強面を見込んでのことでさ」

初めのうちは雑用に明け暮れたが、読み書きできると知れてからは帳場で使われるようになった。

買われた身で、帰る家のない忠次だった。

宿で七年を過ごし、この地でやくざ者として果てるのかと諦めかけた時、経師屋の三弥《さんや》が現れた。京への通りすがりに賭場に寄った三弥だったが、経師屋だと知れ、親分の気に入りの掛軸を直すために家に呼ばれたのだ。親分の言いつけで三弥の仕事を見張るうちに、手慰みに描いていた絵を見られた。

「宿を出る気はあるかと問われて」

一、二もなく頷いたと、忠次は言った。
「宿の親分が吹っかけた俺の身請け料は三十両。一介の経師屋には出せやしねぇと踏んでのことだ。だが三弥親方は手付の十両をぽんとその場で払い、五日後に戻って来て残りの二十両を払ってくれた。親方は時折賭場に出入りしていて、そん時も博打で稼いだあぶく銭だからと……まあ、金の出所なんかどうでもいい。とにかく俺は親方には頭が上がらねぇんだ」

三弥は京の出で、若い時に京を飛び出し江戸に来たそうだ。己の腕だけを頼りに、独り身で自由気ままに生きてきたが、四十路《よそじ》近くになってふと故郷が懐かしくなった。家は長子が継いでいるため、忠次と三弥の二人は一から居場所を築くことになったが、「宿の暮らしに比べれば百倍もましだった」と忠次は笑った。

経師屋として仕込む傍ら、三弥は忠次に絵を描く自由を与えた。二年前に三弥を通じて忠次が描いたある商家の襖絵がちょっとした評判になり、その商家と取引のあった久丸の隠居が、伊勢参りついでに京に上った際に忠次の絵に目を留めた。拙宅《せったく》にも是非《ぜひ》、とせがまれ、此度の江戸行きにつながったという。

「奉公に出すのに読み書きができた方がいいってんで、仲町《なかちょう》にいた時に指南所に連れてかれたんだ。指南所に通ったのはあん時だけだが、読み書きできたおかげで宿でも荒事にかかわらなくてすんだ」

「そうでしたか……」

「それまでまともに学んだことがなかったからな。出来の悪い筆子で、お師匠さんも苦労しなすったでしょう」

「そんなことはないよ。忠次は熱心で、仮名もすぐに覚えたじゃないか」

「あれはそのぅ……お静が手伝ってくれたからなんで」

「お静さん？」

「隣の長屋に住んでた子で、出来の悪い俺を憐れんで、あれこれ教えてくれたのさ」

「お静か……そういえば、二人は仲がよかったなぁ」と、今井が微笑んだ。

「同じ仲町に住む者として恥ずかしい、とかなんとか、文句を言いながら、毎日書き方を見てくれましたよ」

照れくさげに一度目を伏せてから、忠次は今井を見やった。

「そのお静のことなんですが……」

「なるほど、私に訊きたかったってのはお静のことか」

「そうなんで」と、忠次は頰を掻いた。「お静だけじゃなくて、お静の親にも世話になりやしたからね。お静の父親は団扇《うちわ》師で、団扇を作るだけじゃ飽き足らず、絵も自分で描いてたんですよ」

「うん、私も夏毎《ごと》に新しい団扇をもらったものだ」

「俺が絵を覚えたのもお静のおとっつぁんのおかげなんで。あすこはおっかさんも読み書きが得意で、お静のために借りた絵草紙を俺にも読ましてくれました」

温かな家だったのだろうと、荒《すさ》んだ身の上話を聞いたばかりの律はほっとした。

「江戸を離れて十年以上ですからね。江戸に未練はありやせんが、お師匠さんとお静の家のことはちと懐かしくなっちまって……」

「私はほんのついでだろう？」と、今井が茶化した。

「そんなことねぇです。江戸で俺を分け隔てなく扱ってくれたのは、お師匠さんとお静の家だけだ。俺みてぇなやつにはありがてぇことでした」

「そういうことならもっと早くに訪ねて来てくれりゃよかったんだ」

「でも俺はこんななりですし……変な噂になったら困るでしょう？」

遠目に息災を窺うだけでいいと思っていたと、忠次は言った。今井はともかく、静とその家族を慮《おもんぱか》ってのことであろう。

十六年も昔の話だが、静と過ごした一年が、忠次にとってはかけがけのない想い出だということがひしひしと律にも伝わってくる。

「黙っているから余計に変な噂になるんだ」

今井が似面絵のことを告げると、忠次は目を落とした。

「そんな噂になっていたとは。……もう行きませんから」

「何を言ってるんだ。襖絵を仕上げるまでもういくばくもないと聞いたが、暇を見つけて遊びにおいで」

「そうですよ。又兵衛さんの誤解は解いておきますし、お静さんにもまだお会いしてないんでしょう？」

「でも、お静もいい年だ。もう誰かに嫁いで、子供も二人、三人といるんじゃねぇかと。そんなとこに訪ねて行く気は、俺はねぇ」

「確か、お静の家もどこぞへ越して、今は仲町にはいない筈だが……私の方で少し消息を尋ねてみよう」

「お願いします」

大きな身体を曲げて、忠次は丁寧に頭を下げた。

「顔は怖いけど、優しい人だったね」

帰り道に己を見上げて言った慶太郎に、律は微笑んだ。

「そうね」

「忠次さんの描く絵も見てみたいなぁ」

「うん、私も見てみたい」

「おまんじゅう、美味しかった。忠次さんの親方さんにも食べさせてあげたいなぁ」

「それは無理よ。だって江戸から京まで、男の人でも半月はかかるもの」

旅の費《つい》えとて莫迦にならない。

そこまでして望まれる忠次の腕に、律は軽い嫉妬を覚えた。

詳しい褒め言葉を耳にした訳ではないが、類の口調から、忠次への賞賛がありありと伝わった。忠次がその才をもって今の穏やかな暮らしを手に入れたのは喜ばしいが、仕事に厳しい類に見込まれている忠次が律には羨ましい。

京、かぁ……

京といえば上絵師の律は真っ先に京友禅を思い浮かべるが、友禅に限らず、小間物や扇、酒、味噌、茶など、江戸では上方《かみがた》からの「下りもの」がもてはやされている。慎ましい暮らしをしている律も女の端くれで、京を売りにしている反物や小間物にはつい目がいくものの、実際のところ持ち物のほとんどは江戸の物だった。

これは下りものは値が張るからというだけでなく、江戸職人の矜持《きょうじ》もあろう。

江戸に幕府が開かれて、既に二百年以上が過ぎている。職人町と呼ばれる神田では、もう何代にもわたってそれぞれの職人技が磨かれてきた。

江戸にも京に負けない職人はたくさんいる。忠次さんだって――

忠次の腕が羨ましい反面、江戸生まれの忠次が京で活躍していると思うと誇らしい。

――涼太さんのこと、笑えないわ。

と、律はつい笑みをこぼした。

己の生まれ育った神田を愛し、店だけでなく町をも盛り立てようとしている涼太はよく

「日本橋」に張り合うようなことを口にする。一流の物が揃う日本橋を認めた上で涼太が言う「負けちゃいねぇ」は、けして負け惜しみではない。

「姉ちゃん、どうしたの?」

「ふふ、京もいいけど、私はやっぱり江戸がいいなぁって」

私も江戸職人の名に恥じぬ仕事がしたい――

「おれも」と、慶太郎が弾んだ声で言った。「京は一度は行ってみたいけど、きっとおれは江戸の方が好き。だって江戸にはみんながいるもん。姉ちゃんやお師匠さん、又兵衛さん、涼太さん、お香さん。それといっちゃんと――」

「夕ちゃん」

律が慶太郎の幼馴染みの女児の名を言うと、慶太郎の頬が染まった。

「ち、ちがわい!」

「あら、何が違うの?」

「夕ちゃんは――夕ちゃんもだけど……おれは、みんながいるから――」

懸命に取り繕う慶太郎が可笑しいが、律は微笑むだけにとどめた。

「うん。ここにはみんながいるものね。私も江戸を離れるのは嫌」

「そう! そうなんだよ」

大真面目で頷く慶太郎に、律も頷き返した。

でも、忠次さんには誰もいなかった……

「江戸に未練はない」と言い切った忠次の顔が思い出された。

江戸を愛する律には悲しい言葉だが、忠次の境遇を思えば致し方なかろう。だがそれだけに、忠次の想いを僅かでも江戸につなぐ、静という女児の行方が気になった。

四

手が空いた時を見計らって涼太が裏の長屋へ行くと、今井宅から律の声がした。

「まあ、枯野見《かれのみ》を……」

「そうなんで」と、先日会った忠次の声もする。

「先生」と声をかけて、返事を待たずに涼太は引き戸に手をかけた。

「涼太、待っていたよ」

そう言って今井は微笑んだが、三人の前には既に茶が出されている。

一瞬、己の領域を侵されたような気がしたが、「忠次さんが来たから、私が先に——」と申し訳なさそうに律が言うのを聞いて、己の狭量が情けなくなった。

「新しいのを淹れておくれ」

今井がにっこりするのへ頷いて、涼太は茶筒を取り上げた。

ちらりと見やった律の手元には一枚の筆絵がある。

どうやら忠次が描いたものらしかった。

新しい茶がみんなにいき渡ると、涼太は改めて筆絵を眺めた。

「これは忠次さんが？」

後ろには枯野、手前には枯れ木に止まった鳥が描かれている。

書き方用の安い紙に、墨一色の簡素な絵だ。特に凝った筆使いでもないのに、じんと心に染み入るものを感じて涼太はなんとなく律を窺った。

「こういう襖絵を描いているんですって」

律の声には明らかな賞賛が込められていて、涼太の胸中はますます複雑になる。

大人げないと思いつつ、律と同じ絵師で、律から羨望の眼差しを向けられている忠次に嫉妬を覚えずにいられない。

「こいつだけでもすごいが、本物はもっとずっといいんでしょうね」

分別を利かせて言うと、「まあな」と、忠次は臆面もなく頷いた。それから、傍らに置かれていた似面絵を手にすると律に笑顔を向ける。又兵衛に頼まれて律が描いた忠次自身の似面絵だ。

「お律さんの似面絵もすごい。俺は人の絵はどうも苦手で……こいつは俺がいただいてくよ。親方も驚くに違ぇねぇ」

「よしてください。恥ずかしいわ。みんなで疑ってたんですもの」

「なぁに。いい土産話になりやすや」

茶を一口含んでから今井が涼太の方を向いた。

「ところで涼太、お静の行方が判ったんだけどね」

忠次が幼馴染みの静という女の消息を気にかけているということは、今井や律から聞いて知っていた。

「それはようござんした」

これは嫌みでなく言えた。

指南所で三月ほどしか顔を合わせなかった忠次はともかく、静という女児のことを涼太は微かに覚えていた。涼太より二歳年上の忠次と同い年で、姐御肌《あねごはだ》というほどではないが、しっかり者で面倒見のいい子供だったように思う。奉公にでも出たのか、律や香が指南所に入った頃には既にいなかった。

「難波町《なにわちょう》の、田島屋《たじまや》という店にいるらしい」

「難波町の田島屋というと……塩屋の？」

「知っていたか」

「難波町にはうちを贔屓にしてくだすってる客がいるんで。しかしあそこは……」

「あすこはなんだ？」

忠次が眉をひそめて問うた。

「あまり評判がよくないんで」

というのは控えめな言い方で、実のところ田島屋については悪評しか聞いたことがない。

「難波町というのはここから遠いのか?」

「半里はないですが、川の南になります。大伝馬町《おおてんまちょう》から更に七、八町ほどかと」

「大伝馬町から八町というと——」

忠次が絵図を取り出したのを見て、今井が言った。

「涼太、悪いが忠次を案内してやってくれぬか? なんなら女将さんには私から話そう」

「はあ、それは……」

今井の頼みなら喜んで請け負いたいし、ついでに客先に顔を出すのも悪くない。ただ忠次と一緒というのはどうも気乗りがしなかった。

しかし。

「それがいいわ。涼太さんと一緒なら迷子にならないし、道案内や人探しならやぶさかじゃないって、涼太さん、言ってたじゃないの」

やぶさかじゃあねぇが……

無邪気に律が手を叩くのへ、涼太は曖昧に頷いた。

七ツまで半刻ほどという刻限だった。

襖絵はほとんど描き上がっており、忠次はもう四日もしたら江戸を発《た》つらしい。善は急げと、今井に急かされて涼太は一旦店に戻り、女将の佐和の了承を得てから忠次と相生町を後にした。

和泉橋に差しかかると、忠次がぼそりと言った。

「すまねぇな。若旦那に道案内なんぞさせちまって」

「いえ、これくらい……」

言うほどすまなそうには見えない忠次に、涼太も形ばかり控えめに応える。

口をつぐんだまま男二人で更に二町ほど歩くと、またしても低い声で忠次が切り出した。

「若旦那。その、田島屋の評判がよくねぇってのは、どんくれぇのもんなんだい？」

まっすぐな眼差しに静への気遣いが感ぜられて、涼太は忠次への気持ちを改めた。

「塩屋ってのはけちなところが多いんですが、田島屋ほどけちな塩屋はいないと言われています。塩売りの足元を見て、手間賃をはねるのだと」

塩売りは振り売りの中でも気軽な商売だ。籠やら枡《ます》やらの道具は塩屋が貸してくれるから、足腰さえ丈夫なら元手がなくてもすぐに始められる。その反面、塩は安価で実入りは少なめだから、塩売りには老人が多かった。

「田島屋の塩売りには、他で仕事がもらえない年寄りが何人もいるそうです。後がないから、田島屋で働くしかないようなお人らです。女中や店者《たなもの》の扱いも悪く、次から次へと辞めていくので口入れ屋も困っていると聞いています」

今井が聞いた話では、静の両親は既に他界しており、静は母方の伯父とその妻である増《ます》に引き取られたそうである。田島屋の女将は増の姪で静の血縁ではないらしい。

「そうかい……」

短くつぶやくと、忠次は再び黙り込んで足を速めた。

静の身の上を律に置きかえると、忠次の不安がよく判る。

ゆえに涼太も黙って先を急いだ。

「その角から二軒目の店です」

見えて来た田島屋を涼太が指差した時、七ツの捨鐘《すてがね》が鳴った。

と同時に、店の前から女の罵声《ばせい》が聞こえてきた。

「何をぐだぐだ言ってんだい！」

「だって、これじゃあんまりだ……」

「あんまりとは聞き捨てならないね！」

女将と思わしき三十代の女が細身の老人へ怒鳴りつけている。

「残った塩を量りゃあ、おのずと売上銭が判るんだ。お前がくすねた分を手間賃からしょっ引いて何が悪い」

「くすねたなんてとんでもない」

「じゃあ、お前の量り方が悪かったんだろう」

「そんなことは……あたしは枡でしっかりと……」

「お前は店の量りにけちつける気かい？　だったら明日からもう来なくていいさ」

「そんな、女将さん……あたしはただ……」

「泣き言を言ったところでもう遅い。さっさと失せな！」

うろたえる老人を、にやにやしながら女将が押しやる。

――女のくせにまるでやくざ者だ。言いがかりもいいとこじゃねえか！

胸の中で涼太は毒づいたが、実際に量るところを見ていない以上、口出しはできない。

傍らの忠次もむっとしつつも口は閉じたままだったが、今一度、女将が乱暴に老人を押しやるのを見て、涼太より早く足を踏み出した。

よろめいた老人を支え、じろりと女将を睨みつける。

「なんだい、あんたは？」

これ以上ことを荒立ててはなるまいと、涼太は商売用の笑みを浮かべて女将に近付いた。

「すいません。ちょっとお訊きしたいことがありまして」

「なんだい？」

涼太を見て女将は声を落としたが、ぞんざいな口調は変わらない。

「こちらにお増さんって方がいらっしゃると聞いたのですが――」

今井から聞いていた静の叔母の名を口にした。

「お増さん？　あんた一体誰なんだい？」

「私は神田相生町、青陽堂に勤めている涼太と申します」

涼太が名乗った時、店の表で黙々と桶の塩を落としていた女が振り向いた。

涼太と忠次の顔を交互に盗み見て、女ははっと口元へ手をやった。

「もしや――」

お静さんでは？　と涼太が問う前に女将が女に近付いて、問答無用に頰を張った。

「男とみりゃあ色目を使って！　はしたないったらありゃしない！」

「女将さん」

涼太が女将をなだめるより先に、忠次が女将の腕をねじり上げた。

「痛い！　何すんだい！」

「おい、なんだてめぇ！」

番頭が店から飛び出して来る。

「やめて！　放してください！」と、静が叫ぶ。

「お静――」

静に言われて忠次はすぐに手を放したが、時既に遅しであった。

忠次と同じくらい身体つきのいい番頭に横面を殴られ、忠次が吹っ飛んだ。

思わず忠次に駆け寄った静にまで番頭が手を振り上げるのを見て、涼太はとっさに当身《あてみ》を食らわせる。

「何しやがる！」

「てめぇこそ、女に手を上げるたぁなんだ！」

もつれ込んで倒れたところで番頭に一発殴られた。

跳ね起きて涼太も一発殴り返す。

騒ぎを聞きつけた手代が二人して、身体を起こした忠次に躍りかかった。

「てめぇら！」

手代の一人を殴り飛ばした涼太の鳩尾《みぞおち》へ、今度は番頭の拳《こぶし》が突き刺さる。思わずよろめいた涼太の代わりに、もう一人の手代をはね除《の》けた忠次が番頭を殴りつけた。

取っ組み合いの喧嘩が始まった。

五

腫《は》れあがった顔を並べた二人を見て、律は息を呑んだ。

「また、派手にやったもんだなぁ……」

流石の今井もそうつぶやくのがやっとであった。

二人を連れて来た同心の広瀬保次郎が事の仔細を今井に告げた。

「先に手を出したのは忠次ですが、多勢に無勢《ぶぜい》、喧嘩両成敗《けんかりょうせいばい》だと諭したところ、田島屋から願い出てきてこの一件はなかったことになりました」

「先に手を出したのはあの女将でさ」

不満げに口を曲げた涼太を保次郎がたしなめる。

「とはいえ、お静さんはあちらのお身内だ。おぬしたちの気持ちも判らぬでもないが、手を出す前にできることがあったろう。おぬしらの行いが、お静さんをますます追い詰めることになりかねぬとは思わなかったのか」

同心らしい厳しい口調は、忠次の前だからというだけではないだろう。

保次郎が言うには、喧嘩の前に忠次が静の名を呼んだことから、番屋でも女将は静の手落ちを責め立てたそうである。静はしらを切り通したものの、少なくとも忠次は静を見知っているると女将に知れた。

「女将はまさか二人が幼馴染みとは思っていまい。ただ、遣いのついでにたらし込んだのだろうと、それはしつこく責め立てるので、真《まこと》に気の毒であった」

保次郎や番人の前でさえそうなら、今頃、家でどれだけの仕打ちを受けていることか。

うなだれた涼太と忠次を見て、律も目を落とした。

田島屋での喧嘩は、呼びつけられた番人によってすぐに収められた。番屋に連れて行かれた涼太たちに目を留めたのは保次郎の朋輩《ほうばい》で、涼太を見知っていたその同心が、気を利かせて保次郎を呼んでくれたとのことだった。

田島屋で二人が殴られ殴り返した数は、それぞれ片手に余るらしい。

顔の方がひどいが、赤く腫れた忠次の拳が律には痛々しくて仕方ない。

でも、大きな怪我じゃなくてよかった……

辻斬りに利き手を斬られた父親の伊三郎を思い出して、律は僅かに安堵した。

万一描けなくなっても、三弥という親方はけして忠次を見捨てたりしないだろう。だが描くことで己の居場所を築いた忠次である。幼馴染みを守るためとはいえ、喧嘩ごときでその腕を失ってはあまりにも惜しいし、当人も悔いが残るのではないか。

……もっとこの人の絵を見てみたい。

簡素な筆絵を見ただけだが、忠次の画才は明らかだった。むしろ墨一色の筆絵だからこそ、過不足ない忠次の筆使いが律の心を揺さぶった。完全に消えた訳ではないが忠次への妬ましさはなりをひそめ、代わりに祈りに似た想いを律は抱いていた。

忠次さんにはずっと描き続けて欲しい——

保次郎が辞去《じきょ》すると、今井が微笑んだ。

「まあ一杯、と言いたいところだが、酒は怪我に障《さわ》る。忠次、上野へ帰るにはもう遅い。今夜はここへ泊っておゆき」

「へぇ……すいやせん。俺のせいでご迷惑を……若旦那も……」

「忠次さん、この際、若旦那ってのはやめてもらえませんかね？　どうも嫌みに聞こえて仕方ない。私のことは涼太、と呼び捨てで充分です」

むすっとして涼太が言うと、忠次はようやく眉間の皺を解いた。

「じゃあ涼太、お前もその莫迦丁寧な口を直せよ」

忠次が苦笑すると、涼太も頰を押さえながら笑った。

「――そうさしてもらいまさ。今更取り繕ってもしょうがねぇ」

「まったくだ。お前みたいなのでも喧嘩するんだな。男前がもったいねぇぞ」

「面《つら》は関係ねぇでしょう」

「……お静を庇ってくれて、ありがとうよ」

「あたり前のことでさ。あの番頭、女に手を上げるたぁ……俺の勘じゃ、あいつは女将とできてますぜ」

「俺も同じことを考えてた」

「こら、お前たち」

口を挟めぬ律を慮って、今井が二人をたしなめる。

「涼太、そろそろ店に戻りなさい。女将さんが案じておろう。事の次第は、お前の口からご両親にきちんと伝えなさい」

「はい」

「私ももうお暇します。慶太郎が待っていますから……」

もう五ツになろうかという刻限であった。夕餉をすませたところへ涼太たちが現れたので、慶太郎には書き方の練習を言いつけて律だけ今井宅に来たのだ。

腰を上げた律に忠次が言った。

「お律さん、ちと頼みがありやす」

「なんでしょう？」

「そのぅ、すみませんが、明日にでもお静の様子を見て来てもらえませんか？　俺はおそらくもうあの店には近付けねぇ……」

何もしていなくとも悪目立ちする忠次だ。それにほとぼりが冷めるまで待つ時も、持ち合わせてはいない。

「判りました。明日、お静さんの様子を窺ってきます。お静さんも、忠次さんのことを案じてらっしゃると思います」

「俺のことはどうでもいいんだ。だが俺のせいでお静がひどい目に遭ってたらと思うと、とてもこのまま江戸を後にできやしねぇ」

——今井宅を出て、すぐ隣りの自分の家の引き戸を開くと、慶太郎が慌てて壁から離れるのが見えた。どうやら盗み聞きしていたらしい。

「こら！」

「だって……ねぇ、お静さんって誰？　忠次さんはお静さんが好きなの？」

「もう――」

「忠次さん、けんかでますます怖い顔になったね」

「そういうことは言わないの！」

律が叱りつけると、隣りから微かに笑い声がした。

筒抜けというほどではないが、壁一枚で繋がっている裏長屋である。慶太郎と二人して首をすくめ、人差し指を口に当てたが、そんな互いを見やって今度は笑みが漏れた。

「ねぇ、それで――」

小声で再び問いかける慶太郎には応えず、律は枕屏風に手をかけた。

「さ、机を片付けて。もう寝ましょ。油がもったいないわ」

「ちぇっ……」

忠次が今でも静を少なからず想っているのは、律にも見て取れた。

お静さんはどうなのかしら……

涼太の話では、静には忠次がすぐに判ったようだ。女将を庇うごとく忠次を止めたが、その後に番頭に殴られた忠次に駆け寄り、盾になろうとしたという。

二人が離れ離れになって十六年。恋心ではなくとも、「想い」がなくてはとても相手を一目で認められぬだろう。

慶太郎ではないが、二人の「想い」が律は気になった。

六

翌朝、朝餉をすませて慶太郎を指南所に送り出すと、律は早速、田島屋へ向かった。

難波町は初めてだが、道は涼太から詳しく聞いている。よって田島屋には迷わずたどり着くことができた。

通りから窺っていると、静はすぐ判った。

顔貌をこれも涼太から聞いていたのと、静が顔を隠すように仕事をしていたからだ。ちらりと覗いた静の頰は赤く腫れていた。昨日の一発だけとは思えない。おどおどした様子から、今朝も番頭か女将に頰を張られたのではないかと律は想像した。

あまり長く見つめていては、女の律でも怪しまれてしまう。かといって、ただ声をかけるのは躊躇われた。客なら手代が相手になるだろうし、たとえ話しかけたところで店の近くで忠次の名を出す訳にもいかない。

どうすべきか律が逡巡《しゅんじゅん》しているうちに、静は呼ばれて店の奥に消えてしまった。

慌てたところへ手代と目が合い、律は曖昧な笑みを浮かべた。

「塩がご要《い》りようで？」

「いえ、そのぅ……どうも道に迷ったようでして。田島屋さんは田島屋さんでも、私は呉服屋を探しているんです」

「そりゃあ、うちじゃありませんねぇ……でもこの辺りでうちと同じ名の呉服屋なんてないですよ」

「そうですか。それはどうも……」

小さく頭を下げて律は店の前を離れた。

このまま帰りたくはないが、律は上絵師であって、くノ一でも密偵でもない。機転の利かぬ己に失望した矢先、店の脇から静が出て来るのが見えた。

背負子《しょいこ》を背負った静が、律の五間ほど前を歩いて行く。どこぞへ塩を届けに行くのだろうが、これも店の女将が科した「罰」の一つに違いないと律は思った。

迷わずあとをつけ始めた。

頬かむりで顔を隠した静の足取りは鈍い。背負子の重さに曲がった背が、ふとすると静を老婆のように見せている。

田島屋が見えなくなってから、声をかけようとした律より早く、茶屋の店先にいた女が静の名を呼んだ。

「静ちゃん、ちょっと休んで行きな」

「おろくさん……」

「さ、こっちに座んなよ」

茶屋の女はろくという名らしい。身体つきのいい三十代の女で、半ば強引に静を縁台の端に座らせ、背負子を下ろすのを手伝った。ろくが手早く渡した茶碗を静が手にするのを見て、これ幸いと律も茶屋へ近付き静の横へ腰を下ろす。

晴れてはいるがまだまだ風が冷たい睦月である。妻恋町のこい屋と違い、静の他、吹きっさらしの表の縁台に座る客はいなかった。

がら空きの縁台で隣りに座ったにもかかわらず、静は律の方を見やりもしない。腫れた頬が気になるのか、むしろ顔をそむけて身を縮こませた。

頼んだ茶をろくから受け取ってから、律は小声で静に話しかけた。

「お静さんですよね？」

見知らぬ女から声をかけられて静は顔を上げたものの、すぐに頬かむりを手で押さえて茶碗に目を落とした。

「私は律と申します。忠次さんに頼まれて、お静さんの様子を伺いに参りました」

「忠次――さんに？」

頬かむりを押さえたまま、静はようやく律を見た。

「ええ。昨日の件で、お静さんが迷惑をこうむってやしないかと案じておられるのです」

「迷惑なんて……夢じゃないかと思ったくらいです。忠次さん、立派になられて……今は京で経師屋をなさっているとか」

番屋で忠次のことを少し聞きかじったとのことだった。

「絵も描いてらっしゃいます。江戸へは襖絵を頼まれていらしたんですよ」

忠次の身の上を手短に語ると、静の声がやわらいだ。

「そうなんですか？　よかった……忠次さんは絵が得意でした。父が……父はただの団扇絵だけど、やっぱり絵が得意だったのです。本当によかった。忠次さんは急に越して行っちゃったから、父母は時々、思い出したように忠次さんの行方を案じていました。父母が生きていたらどんなに喜んだことか……」

忠次の行方を案じていたのは、両親だけではなかったろう。

静の瞳と言葉がそう語っていた。

「忠次さんこそ無事だったかしら？　絵師なら手を怪我したら大変だもの」

「手は無事です。顔は布袋《ほてい》さまのようにまん丸に腫れてますけど」

「よかった……」

繰り返しつぶやいて胸を撫で下ろした静は、ようやく微笑んだ。

「本当にびっくりしたわ……昔はあんなじゃなかったんですよ。顔の割に細くて、引っ込み思案で、喧嘩になったら私の方が強かったくらい」

昔を思い出しながら緩めた口元を、静はすぐに引き締めた。

「そろそろ行かないと……私は平気ですから、忠次さんにそうお伝えください」

「お静さん――」

「もうお会いすることもないでしょうが……無事が判って何よりでした。おろくさん、ご馳走さまでした」

言いながら茶碗を置いて背負子を背負うと、早足に静は雑踏に紛れて行った。

立ち尽くした律へ、ろくが声をかける。

「それであんたは、その忠次って男のなんなんだい？」

「何って……私はただ忠次さんと同じお師匠さんに師事してたことがあるだけで」

「なんだ。じゃあ、忠次って人の女じゃないんだね？」

「ち、違います！」

慌てて律は、忠次や今井、昨日の喧嘩の顚末《てんまつ》などをしどろもどろに、ろくに語った。

律の話を聞いて、ろくは頷き合点した。

「昨日の騒ぎはそういうことだったのかい……」

そのまま茶碗を片付けて去ろうとしたろくを、律は引き止めた。

「あの、お静さんのこと、もっと教えてください。忠次さんはお静さんの幼馴染みです。そして心底、お静さんを案じてらっしゃるんです」

ろくなら、静の事情を詳しく知っていそうだと踏んでのことである。

辺りを見回してから、ろくは律を再び縁台へ座らせた。店の中には客がまだ数人いたが、ろくの夫と思わしき男が相手をしている。

「……田島屋の女将はまたしてもだらしないだの色情狂だの騒いでたから、あの子は今日も恰好の見世物だ」

声を低めてろくは言った。

「ひどいわ。どうしてそんな」

「まともじゃないからね、あすこの女将は。いつでもどこでも自分が一番。人を下に見ないと気がすまない性分なのさ。子供ん時からそうだった。年が近いからさ。あたしもあの女と指南所で机を並べたことがあったよ。ご両親は悪い人じゃなかったけど、一人娘の女将は存分に甘やかされて、その挙句があれだ」

——忠次が仲町から越して行った三年後に、静の父親は卒中で亡くなった。静が十二歳の時である。その際、母親の兄であり静にとっての伯父のもとへ母娘で身を寄せることになり仲町を去った。

しかし頼みの綱の伯父の商売が立ち行かず、四人揃って、今度は伯父の妻・増の兄を頼って田島屋へ越した。この兄というのが、田島屋の女将の今は亡き父親である。

「前の旦那や静ちゃんの伯父さんが生きてた時はまだよかったんだよ。女将も婿を取って数年……婿殿との仲も悪くなかった」

「お婿さんがいらしたのですか」

番頭とできている、と言った涼太の言葉を思い出して律は驚いた。

「今はもういないがね。――まあ、お聞き」

静を想う気持ちの他に、ろくは女将への鬱憤《うつぷん》が溜まっているようだ。律が川北のよそ者だということもろくの口を滑らかにさせているに違いない。

「静ちゃんの一家が田島屋へ来た翌年だったかね。前の旦那――女将の父親が亡くなったんだよ。腹に岩ができてさ。あっという間におっ死んじまった。それからだね、女将が本性を出すようになったのは。前の旦那のおかみさんは後妻だったから、女将はまずその後妻を追い出した。それから婿殿を押しやって、勝手放題に店を仕切るようになった。女将と血がつながってるのはお増さんだけで、その夫は所詮よそ者さ。だから静ちゃんの伯父の忠告なんか聞きゃしない。伯父さんは前の旦那が亡くなって一年と経たずにふぐにあたって亡くなったけど、ここらでは女将が殺《や》ったんじゃないかと噂になったもんさ」

「女将さんが？」

律は女将の姿をまだ見ていないが、涼太や忠次、ろくの話を合わせると、よほど恐ろしい女らしい。

「子供がいりゃ違ったかもしれない……静ちゃんの伯父さんが亡くなってから、女将はあからさまに静ちゃんをいびるようになった。静ちゃんは十四、五だったか。婿殿とできてるんだろ、なんて言いがかりをつけてさ。そりゃ、十四、五で嫁ぐ子もいないこたないさ。でも静ちゃんはねぇ……父親が死んで苦労したからか、年頃になっても痩せっぽちで、とても男の気を引くような子じゃなかったよ。静ちゃんのおっかさんには世話になったからさ。何とか力になってやりたかったけど、うちも奉公人を雇えるほど繁盛してないからねぇ」

ろくと夫は、静たちが越して来た頃、やくざ者に店を騙し取られそうになったことがあるという。その時に、読み書きに長《た》けた静の母親が大家や町役人《まちやくにん》に書状を持ってかけ合い、町の者の協力もあって事なきを得たそうだ。

「そうこうするうち、静ちゃんのおっかさんが病に倒れてね。静ちゃんはあすこを出るに出られなくなっちまった。二年経っておっかさんが亡くなった時、わたしらは方々から縁談を持ちこんだものさ。でも女将が静ちゃんを手放さなかった。医者やら薬やらおっかさんに金がかかった、その借金をお前が働いて返せ、と言い張ってね」

それで静は嫁にも行けず、田島屋でこき使われているのだとろくは言った。

「婿殿も嫌気が差したんだろう。六年ほど前に夜逃げしちまった」

「お増さんはどうしてるんですか？」

「お増さんはねぇ……あの人はちっとも役に立たない女さ。静ちゃんがいなくなったら、自分が女将に狙われると思ってるんだろう。元から女将には弱気だったけど、婿殿がいなくなってからは女将の言いなりさ。それに女将は実の姪だけど、静ちゃんは義理の姪だもの。お増さんももう五十路を過ぎた。あの人の子供は二人とも一人前になる前に亡くなったと聞いてるし、他に寄る辺ない身としては、仕方がないのかもしれないね」

仕方がない、とは律には思えなかった。浅草で出会った恵明の初恋の相手、弓のことがちらりと頭をかすめる。

そのお増さんという人は、心が痛まないのかしら？

女でも——年をとっても貧しくても、人を貶《おとし》めることなく、まっとうに生きている人はいくらでもいるというのに。

腹立ちが伝わったのか、ろくが微かに困った顔を見せた。

「あんたはまだ若いからね……あの年で、伴侶も子供も亡くしちまったってのは、寂しいことだと思わないかい？」

「だからって、女将さんの言いなりなんてあんまりです」

「そりゃそうだ」と、ろくは頷いたが、増への同情は隠さなかった。

「その、女将さんのいうお静さんの借金とは、いかほどのものなんでしょう？」

「女将は五両とも十両とも言ってるけどね。私らの見立てじゃ、せいぜい一、二両だ。呼んだ医者は藪で有名だったし、薬だってほんの気休めみたいなものばかり。大体あの女が、血縁でもない居候に大枚はたく筈がないもの。そのくせ利息だのなんだの、あれじゃあ塩屋じやなくて置屋《おきや》の女将だよ……」

新たな客が歩み寄って来たのを見て、ろくは腰を上げた。

「おしゃべりが過ぎたね。さ、もうおゆき」

「あの、忠次さんにはなんと言えば……」

「……その男は、どうせあと数日で江戸を発っちまうんだろ？　私なら、なんにもできない以上、平気だと言った静ちゃんの見栄を通してやりたいね」

つぶやくように言うと、「いらっしゃい！」とろくは客へ笑顔を向けた。

お茶代に僅かだが心付を添えて置くと、律は難波町を後にした。

ろくのおかげで、静の境遇は判ったが、それを忠次に伝えたものかどうか。

「なんにもできない」と言ったろくの言葉には、忠次だけでなく、ろく自身や律に対する揶《や》揄《ゆ》も含まれていた。

己を静の身に置きかえてみれば、嘘をもって、忠次には心乱すことなく京へ戻って欲しいと思う。だが忠次の身に置きかえてみれば、幼馴染みが——かつて……いや、今なお想いをかけている女が——苦しんでいるのなら知りたいと思うだろう。

借金だって、一、二両ならなんとかなる。

でも五両、十両となると、忠次さんにも難しいかも……

足取りも重く律が神田の北へ戻って来ると、相生町へ入る手前で呼び止められた。

「お律さん」

綾乃であった。

浅草で有名な料亭・尾上の娘とあって、今日も装い華やかだ。羽織こそ灰汁《あく》色だが、着物は樺《かば》色で裾に大輪の木瓜《ぼけ》の花が描かれている。淡黄色の花弁の根本に微かに滲ませた真朱《まそお》が憎らしいほど利いていた。

見知らぬ上絵師の腕に嫉妬しながら、律は綾乃へ会釈を返した。

「青陽堂からの帰りなんです」

訊きもしないことを綾乃が口にする。

「そうですか」

「藪入りで家に帰る者たちに、お茶を土産に持たせてやりたいと思いまして、あれこれ見繕ってきたところです」

「……それは喜ばれましょうね」

「店では涼太さんが、親身に相談に乗ってくださいました」

「はあ……それはようございました」

当たり障りのない返事をしたものの、綾乃を直視するのは躊躇われた。

綾乃の頬が赤いのは、寒さのせいばかりではないだろう。おぼこでも律ももう二十二歳の年増である。綾乃が涼太を好いていることくらい、とっくに察していた。

「あの、お律さんは涼太さんの幼馴染みだと……」

確かめつつ尻すぼみになった綾乃から、匂い立つような恥じらいが感ぜられて律はついどぎまぎしてしまった。

「ああ、はい……そうなんです」

綾乃はおそらく十七、八歳。年明けて二十三歳となった涼太には、年頃、身分、容姿が揃った申し分ない相手である。

「では私はこれで――」

再び綾乃が口を開く前に、ぺこりと頭を下げて律は歩き出した。

無言で問いかけてくる綾乃の視線が背に痛い。

忠次さんが待ってるもの――

というのは言い訳で、四つも五つも年下の女を前に、気の利いた台詞一つ言えずに逃げ出した己が情けなかった。

七

今井宅で律は忠次に全てを話した。

綾乃に会って動揺したせいもあるが、もとより律は隠しごとが得意ではない。それに静の様子を知るべく早めに仕事を切り上げて来た忠次を前にして、とても嘘は言えなかった。

ろくの最後の言葉まで包み隠さず律が明かすと、忠次はつぶやいた。

「なんにもできねぇ、か。金だけならなんとかできねぇこともねぇが……」

出直してくる、と言った忠次は翌朝、静に宛てた文を一通、律に預けた。

律が文を届けることができたのは、その次の日だった。

文を託された日は、店を離れぬ静には近寄ることさえできなかった。思い立って南奉行所を訪ね、翌日に保次郎に同行してもらって遣いを果たしたのである。

女将に言い繕って、保次郎が静を店の外へ連れ出してくれたのだ。

定廻り同心に呼び出されておっかなびっくりだった静だが、律の姿を認めた途端、安堵した顔を見せた。

「これを忠次さんから預かって来ました」

律が渡した文を静はその場で広げた。

文を覗き込むような不調法者ではないが、内容は忠次から聞かされて知っている。

田島屋を出て池見屋の女将・類のもとへ行くように。まとまった金を託しておくし、身の振り方も世話してもらえるよう頼んでおく……といったようなことだ。

喜んでもらえると思ったのに、読み進む静の顔は予想に反して険しくなっていく。

「池見屋の女将さんには私もいろいろお世話になってます。忠次さんの親方の知己《ちき》でもありますし、けして悪いようにはなされませんから」

決意をうながすべく類の人柄を語る律に、静は読み終えた文をたたんで返した。

「忠次さんにお伝えくださいい。私のことは案じなさいませんよう。私もいい年だもの。自分でなんとかいたします」

「でも――」

「平気です。いつまでも女将のいいようにはされませんから。これでも私、昔は負けん気が強かったんですよ。ずっと忘れていたんですけど……」

「しかし忠次さんは」

律が言いかけるのに首を振って、静はゆっくり微笑んだ。

「……嬉しかった。忠次さんが一人前になって、幸せに暮らしていると聞いて……私のことを思い出して会いに来てくれて……それだけで本当に充分なんです。これ以上お世話はかけられません」

強引に律に文を握らせた静の顔色は、先日よりずっといい。

腫れが引いただけでなく、忠次の存在が静に力を与えたことは確かだ。

お静さんも忠次さんを――

まっすぐ己を見つめた静が小さく頷くのへ、律も思わず頷き返した。

保次郎と共に長屋へ戻ると、今井と涼太が待ち受けていた。忠次は隠居と一緒に久丸に赴いていて、まだ姿を見せていない。

茶を飲みながら静とのやり取りを告げると、涼太が口をへの字に曲げた。

「なんとかって……これだから女は浅はかでいけねぇ。そんな言葉で忠次さんが安心できるもんか」

「だけどどんなことだって、懸命に励めばなんとかなるもんだわ」

「だからまずは池見屋を頼って、それから恩返ししたって遅くはねぇだろう」

「それは……」

忠次がただの幼馴染みなら、その厚意を素直に受け取るかもしれない。新たな勤め先を得たら、借りを返すべく懸命に働くだろう。

でも好いた人だったら……

かえって引け目を覚えてしまうかもしれない。

恩を受けたことで、好きだという気持ちに濁りが生じるのが怖い。

たとえ生涯、口にすることはなかろう想いであっても……

子供の頃とは立場が逆転した二人だった。だが忠次への想いが特別だからこそ、束の間の再会でも静は生きる力を得ることができたのだと思う。

「それは、なんだ？」

「なんでもありません」

ぷいと横を向いて律は応えた。

「なんでぇ、まったく。大体、忠次さんもなぁ。俺なら――」

「何よ？」

「……なんでもねぇさ」と、今度は涼太がそっぽを向いた。

「おや涼太、お前が忠次だったらどうしたんだい？　忠次は明日には江戸を発つんだぞ。お静のことは誰かに託すしかないじゃないか。池見屋の女将なら間違いないと思うがな」

今井がからかい口調で問うのへ、涼太は頭を掻いた。

「そりゃそうなんですが……いや、言っても詮無いことです。俺は忠次さんじゃねぇ。俺には店があるし――」

忠次が現れたのは、涼太と保次郎が辞去してしばらくしてからだ。

「ご隠居に引き止められちまって……」

江戸を去るにあたって、久丸で別れを惜しまれて来たらしい。一緒に夕餉でもと支度にかかろうとしていた律を止めて、久丸で持たされたという折詰を今井に渡した。

酒はもういいと言うので、酔い覚ましの茶を淹れ忠次に渡す。

「本当に明日には江戸を発つのかい？　もう少しゆっくりして行ったらいいじゃないか」

「しかし本当なら、藪入りには京へ戻ってる筈だったんで……未熟者ゆえ、思ったより描くのに手間どっちまいやして。ご隠居にも宿にも親方にも世話をかけちまいました。江戸見物なんざ興味はねぇし、なんなら今度はお師匠さんが京に来てくだせぇ。精一杯、案内いたしやす。清水《きよみず》でも島原でも――」

「ははは、その時が来たら是非頼むよ」

律から静の言葉を聞くと、忠次は困った顔をしたものの、すぐに微苦笑を漏らした。

「確かにお静は負けん気が強かった。負けん気だけじゃなくて喧嘩も俺より強かった」

「そうでしたか」

「……一人娘だから私が跡を継いで、いつか表店に店を持つんだ。そのためには町の誰よりも賢くなりたい。あんたも職人になるからって、読み書きを軽んじちゃ大成できないよ。喧嘩も弱い、読み書きもできないじゃ、何の取柄もないじゃあないの……そんな風に来る日も来る日も叱られたもんでさ」

静の気持ちを知った今、忠次の笑顔が律には切ない。

「忠次さんはよいのですか？　広瀬さんにお願いすれば、おろくさんの店にお静さんを連れて来てもらえるかもしれません。……せめてもう一度、お静さんにお会いになっては？　本当に……本当にこのままでよいのですか？」

京と江戸じゃ、もう二度と会えないかもしれないのに……。

一瞬、忠次は黙ったが、すぐに気を取り直して応えた。

「それでまたお静に面倒かけても悪いしな。案ずるなってのは無理な注文だが、お静がいいってんなら、これ以上、俺がどうこう口出すことじゃねぇ……ねぇ、お師匠さん？」

問うた忠次へ、穏やかな笑みを浮かべて今井は応えた。

「さぁな。お前がいいって言う以上、私が口を挟むことなぞ何もないよ」

「はは……それもそうか」

笑って忠次はぼんの窪に手をやった。

静から返された文を懐へ仕舞うと、律の淹れた茶を一杯だけ飲み干して忠次は腰を上げた。

律たちには名残惜しいが、宿へ戻って旅支度を整えなければならないという。

今井と連れ立って忠次を見送り、家に戻ると、追いかけるように慶太郎が帰って来た。

「そこで忠次さんを見かけたけど何かあったの？　今までで一番怖い顔してた。ずんずん行っちゃったから、声をかけそびれちゃったよ……」

八

池見屋の暖簾をくぐろうとした矢先、後ろから駆けて来た女が律を押しのけた。

思わずよろめいた律にはおかまいなしに、女が大音声を張り上げる。

「女将はどこだい？　女将を出しな！」

女の行く手を阻む手代の向こうに、奥の暖簾から顔を出した類が見えた。

「賑やかだねぇ」

手代の手を振り払って、女が類の前に立ちはだかる。

「あんたが女将か。あんた、一体どういうことなんだい！」

「……さあ？　どういうことなのか、私の方が訊きたいね」

「お静を——お静を返せ！」

「ああ判った。あんたがかの有名な田島屋の女将だね。名は確か八重《やえ》だったっけ」

いきり立つ八重とは対照的に、類は落ち着き払ってにやりとした。

この人が田島屋の女将——

涼太たちの話を聞いただけの律は、それこそ鬼のような大女を想像していたのだが、目の前の八重は己と変わらぬ背格好だ。血走った目を吊り上げた顔は鬼の形相《ぎょうそう》といえぬこともないものの、色白で細面《ほそおもて》、小さめの口と、そこそこ整った顔立ちをしている。

八重の台詞から静がいなくなったことが判った。

——やっぱりお類さんを頼ることにして、田島屋を出たのかしら？

忠次が江戸を去って僅か三日しか経っていない。昨日は藪入りで、長屋は奉公から戻って来た者たちを交えて賑やかだったが、静のことで仕事が遅れていた律は黙々と作業に勤しんだ。そうしてできた品物を携えて、昼過ぎに池見屋を訪ねて来たのだ。

「女将さん、どうもすみません。今、お帰りいただきますから……」

「いいさ。どうせ近々訪ねて行かなきゃと思ってたところだ。向こうさんから来てくれたとは手間が省けた。ここじゃなんだから奥で話そうじゃないか。——ああ、お律、あんたもおいで。そんなとこに突っ立ってられちゃ、商売の邪魔だ」

顎をしゃくって踵《きびす》を返した類の後に八重が、その後ろに律も続いた。

座敷には先客がいた。真っ白な髪をした小柄な老人だ。

一緒に座敷へ入ったもののどうしたらいいのか戸惑う律へ、老人が手招いた。老人の隣りに律が腰を下ろす前に、八重が類に食ってかかった。

「ここに逃げ込んだのは判ってんだよ！　人んちの奉公人をさらって行くとはどういう料《りょう》簡《けん》だい！」

「あんたこそ、どういう料簡でお静をこき使ってたんだい？」

「何を——あの子には貸しがあるんだよ！　あの子の母親が死んだ時に……」

「あんたが呼んだ平田って医者は、藪で有名だったそうじゃないか。何人も人を死なせて難波町どころか、江戸にいられなくなって逃げ出したって聞いてるけどね。薬だって、煎じ薬なんか滅多に飲ませず、車前子《しゃぜんし》やら蘇葉《そよう》やら安い薬草ばかり与えてたんだってね」

上気した八重の顔が更に赤くなった。

「車前子だってただじゃあないんだ。私はあの子が十三の時に引き取って、あれこれ面倒みてやってきたんだから——」

「そのお静ももう二十五だ。御礼奉公までとっくに終わってる筈じゃあないか。田島屋の女将とあろう者が、一体何が気に入らないんだか、憂さ晴らしにあの子を店に縛り付けてたんだろう？　いい加減におしよ」

静かだが有無を言わせぬ迫力が類にはある。

「あの子には貸しがあるんだ。勝手なことはさせないよ」

なおも食い下がる八重に類が言った。

「その貸しとやら、私が払おうじゃないか。あれだけ働かせておいて、一体いくらの貸しが残ってるって言うんだい？　さあ言ってみな？」

「五——いや、十両だ！」

「なっ……」と、腰を浮かせかけた律を老人が押し留めた。

類は平然として八重を見つめている。

「これまでの利息もきっちり払ってもらわないとね。十両だ。払えないならお静を返してもらう他ないね！」

払えまい——

そう思っているのが見て取れた。

田島屋は間口五間、池見屋は三間で、池見屋の方が客入りもぐっと少ない。異なる商売とはいえ、日本橋に近い難波町で店をかまえる八重が池見屋を侮《あなど》るのも無理はなかった。

だが八重が浮かべた笑みは、微笑み返した類によって打ち消された。

傍らの長火鉢の下の引き出しを開けると、類は片手で無造作に白い包みを取り出した。

切り餅……

一両小判を二十五枚、和紙で包み封じた物が俗に「切り餅」と呼ばれることは律も知っていたものの、目《ま》の当たりにするのは初めてだ。引き出しの中にまだいくつかの切り餅が入っているのがちらりと見えて、八重の目が丸くなる。

慣れた手で封を切ると、類は一枚ずつ、ゆっくり八重の前に十枚の小判を重ねた。

「さ、十両だ」

八重をまっすぐ見据えた類は、もう笑っていなかった。

「あんた……」

「これであんたとお静は、綺麗さっぱり切れたと思っとくれ。ああ、後でぐだぐだ言われるのはごめんだからね。この場できっちり一筆入れてもらうよ」

「女将、筆を貸しておくれ。証文は私がしたためようじゃないか」

穏やかに老人が申し出た。

「なんだい、あんたたち。寄ってたかって私を嵌《は》めようってんじゃないだろうね！」

「人聞きの悪いこと言いなさんな。このお方は南新堀町、久丸のご隠居だよ」

「久丸というと廻船問屋の……」と、八重が絶句する。

驚いたのは律も同じだ。

この方が、襖絵を描かせるために京から忠次さんを呼び寄せた人――

「日原小左衛門《ひはらこざえもん》と申す」

にっこり笑うと、日原は瞬く間に証文を書き上げた。能筆だが仮名が多く、一文字一文字はっきりしているのは八重への配慮だろう。

証人として日原は己の名を記すと、類共々、爪印《つめいん》を押す。

江戸のあらゆる問屋――無論、塩問屋にも――顔が利く久丸だ。その隠居が差し出す証文とあっては断れない。不承不承受け取ると八重は唇を嚙んで己の指を見つめた。

八重が爪印を押すのを満足げに見つめ、類は懐紙に小判を包んで八重の方へ押しやった。

「お帰りだよ！」

類の一声で手代が現れ、八重は立ち上がった。

「それでお静は……」

「あんたの知ったこっちゃないね。お静もあんたの顔なんざ、二度と見たくもないだろう」

冷ややかに応えると類は手代を見やった。

「丁重に見送っとくれ。――ああそうだ。後で塩を撒くのを忘れんじゃないよ」

八重は類をねめつけたが、無言で荒々しく踵を返した。

足音が聞えなくなってから律は問うた。

「それでお静さんは、これからどうなさるのですか？」

「これからかい？　そうだねぇ……京に着いたらまず、改めて祝言を挙げるだろう。ふふふ、三弥は驚くだろうね。無骨で奥手で三枚目の弟子が、江戸に枯れ木を描きに行ったと思ったら、物言う花を連れて帰ったんだからねぇ」

「ま、待ってください。祝言とは？　まさかお静さんは忠次さんと――」

「おや、お律、お前は知らなかったのかい？」

律と今井が忠次を見送った翌日――江戸を発つ代わりに忠次はろくの店に行ったという。

「茶を飲みながら二刻も待ったが、そう都合よくお静が遣いに出ることはない。諦め切れずに店を訪ねようとした矢先、お静が塩を背負ってやって来た……」

類の語りを日原が受け継いだ。

「お静の前に立ちはだかった忠次は、あの強面を真っ赤にさせて言ったそうだ。俺と一緒に京へゆこう――」

「それは、その、かけ」

「そうさ。あの二人は真昼間に堂々と、手に手を取って駆け落ちしたのさ」

そうしてまっすぐ不忍池まで戻って来ると、忠次は類に助けを求めた。

類はすぐさま動いて、その日のうちに仮祝言を挙げさせ、忠次の妻として静の通行手形を手配した。二人が江戸を発ったのは二日後――つい昨日、藪入りの朝だった。

「そうだったんですか……」

私が仕事に励んでる間に、そんなことがあったなんて——

「何言ってんだい。そもそもお律、そそのかしたのはお前じゃないか」

「私が？」

「ああ。お前が忠次に言ったんだろう？　これで本当にいいのかって。お前に言われて忠次は腹をくくったそうだよ」

「そんな、あれは……私は、その」

思わず舌がもつれた律を類が遠慮なく笑った。

驚愕が落ち着くと、じわじわと喜びが湧き上がってくる。

——俺なら——

つい先日、涼太が言いかけたことを思い出した。

言っても詮無いことだ、俺には店がある——そう涼太さんは言ったけど、もしも涼太さんが忠次さんだったら、同じようにお静さんを連れて行くことを選んだのかしら。

「ご隠居、先ほどはありがとうございました。助かりました」

「いやいや、実に面白いところへ居合わせた。あの忠次が駆け落ちとはねぇ……大したもんだ。しかしそれで、あの緋色の訳が判った」

「緋色とは……？」

おずおずと問うた律へ、日原は微笑んだ。

「お律さん、その指のたこからするとあんたも絵師かね？」

「私は上絵師です」

「半人前のね」と、言いながら類は律の持って来た巾着用の三枚の布を確かめた。

春らしい色でという注文通りの、三つの違った意匠の桜の絵だ。

日原は類の手元を見やったが、無言だった。久丸の隠居となれば目も肥えている。自分では上手く描けたと思っていただけに、内心うなだれた律へ日原が言った。

「お律さん、百聞は一見にしかずだ。忠次の描いた絵を見においで」

九

日原の隠居宅は相生町にあった。

といっても、律の住む神田相生町ではなく、両国橋を渡った先、回向院《えこういん》の南にある相生町である。

池見屋からあれよあれよという間に駕籠に乗せられ、慣れぬ律は軽く酔ったが、案内された奥座敷に足を踏み入れた途端、酔いが吹き飛んだ。

東の壁を背に、北、西、南とそれぞれ三枚——計九枚の襖に連なる枯野が描かれている。

墨絵ではないが、枯野見とあって荒涼とした色合いの絵だった。

忠次が今井宅で描いてみせた筆絵の通り、一面に広がる枯野の中で、手前の一枝にだけ鳥が一羽止まっている。

枯野同様、朽葉《くちば》色をした鶫《つぐみ》だが、翼には微かに緋色の艶が入っていた。

「忠次が江戸を発つと言っていた二、三日前だったよ。仕上がっていた筈の翼にあの緋色を入れたのは。この方が絵が引き締まるからと忠次は言ったけど、それだけじゃあないでしょう?」

「ええ」と、律はただ頷くことしかできなかった。

吹きっ晒しの枯野を見据える鶫の横顔はけして明るくない。しかし翼の緋色には内に秘めた強さがあった。

帰りの駕籠は断った。

また駕籠酔いになるのはごめんだし、何より忠次の絵に突き動かされた胸が熱く、律の身体には駆け出したくなるほどの力がみなぎっていた。

門前で日原に暇を告げると、一丁だけ呼ばれた駕籠へ類が乗り込む。

走り去る駕籠の後から律も歩き出したが、一町もゆかぬうちに駕籠が止まって類の顔が振り向いた。

何ごとかと駆け寄った律を見やって類は言った。

「お律。あんた、日原さんがあの絵にいくら払ったと思う？」

「それは……」

「切り餅二つだよ」

目を見張ったが、仰天するほどではない。

——あの絵にはそれだけの価値がある。

「でも忠次は一両の儲けも手にしちゃいないけどね」

「えっ、それはどうして……」

「旅の費えに江戸の宿代、道具代。帰りの費えは二人分だし、お静の手形を急がせるのにも金がかかった。それにうちの仲介料と手間賃を入れて三十両」

それでもまだ二十両は残る筈ではないか。

「残りは三弥の借金さ。七年前に神奈川宿の賭場で大負けしたらしくてねぇ。どうしても二十両いるって言うから、仕方なく私が都合してやったのさ。それを忠次が、自分はまだ御礼奉公中だからと綺麗に払っていったよ」

七年前というと、三弥親方が忠次さんを香具師の親分から身請けした——

親代わりの師匠と愛する妻と。一度は家族に捨てられた忠次が、京で温かな家を築く未来が目に浮かぶようだ。

江戸から京まで往復で一人四両はかかるといわれている。諸々《もろもろ》の費えを足すと池見屋への

「手間賃」は十両そこそこだろう。その十両を先ほど類は、田島屋との始末に惜しげもなく差し出した。三弥へ貸した金といい、類の気っ風と気前の良さに律は舌を巻いた。

それもこれもお二人に、お類さんが惚れるほどの腕前があってこそ……

「忠次はこれから、ますます腕を上げるだろう」

「ええ。忠次さんなら京だけでなく、国に名を馳せる絵師になれます」

「そうとも。恋妻を娶って、男として一人前になっただけじゃない。色恋や情愛ほど、絵師を育てるものはないからねぇ」

「え……？」

戸惑う律へ、類がにやりとした。

「ま、あんたもせいぜい精進するこった」

言いたいだけ言うと類は再び駕籠の中に引っ込んだ。

何故かふと、綾乃の着物に入った木瓜の花が胸をよぎった。

駕籠が遠くなるまで立ち尽くしたのち、律は猛然と歩き始めた。

十

睦月もあと一日となった昼下がりに、律は八重が捕えられたことを知った。

八重の寝所の床下から、夜逃げした筈の夫の骨が出てきたからである。

定廻りの保次郎に追いすがり、八重の罪を訴えたのは増であった。

六年前、八重は密通相手の番頭と共謀して己の夫を殺害、床下に埋めたのだった。

「お前はどうやってそのことを知ったのだ?」

奉行所で与力に問われて増は応えた。

「――ずっと疑ってました。若旦那がいなくなった夜、若旦那はいつも通り女将と二人で寝所に引き取りました。しかし翌朝、女将が若旦那は田島屋を捨てて逃げたと……若旦那の物は何一つなくなっていませんでした。それで私は、女将と番頭が若旦那を殺したのだと思いました。女将は私が疑っていることを知っていました。だから私を脅したのです。余計な真似をしたら私だけでなく、お静をも殺すと……お静は私の亡き夫の血を引く者です。子供を亡くした私には、娘同然でございました」

静が女将にいびられているのを見るのは忍びなかったが、命にかかわらない限り目をつむろうと増は己に言い聞かせた。

「証拠を握るためでした。この六年間ずっと――女将にばれないよう、蔵や家、庭を探したんです。まさか寝所の床下に埋めたとは思いませんでした。だって女将は毎晩あすこで眠ってたんですよ? 定廻りの旦那さまにあすこだと告げたのは一か八《ばち》かでした。他は探し尽くしていたし、もうお静もいないのだから後はどうなろうが知ったことじゃないと思って……

私は夫の仇を討ちたかったんです」

私の夫も女将が殺したに違いない——そう、増は訴えているのだと、今井宅を訪ねて来た保次郎は言った。

「お増さんの夫はふぐにあたって死している。そのふぐを取り分けたのがお八重だというのは他の者も知るところなのだが、お八重が否《いな》という以上こちらはどうしようもない。しかし密通と夫殺しだけでも、お八重は獄門になるだろうから……」

結句、増は仇討ちを果たすことになる。

増が番屋や町役人《まちやくにん》のもとに行かずに保次郎に直訴《じきそ》したのは、彼らが女将の味方になるのを恐れたのと、涼太たちの喧嘩の時と律が静を呼び出してもらった時に保次郎を見かけていて、「このお人なら」と思ったからだという。

「ほう。町の者にそこまで見込まれるとは、広瀬さんももうすっかり一人前だ」

「いやいや、まだまだですよ……」

謙遜ではなく、本気でそう思っている様子の保次郎だった。

その保次郎は小者に呼ばれ、不本意ながら八ツを待たずに辞去したが、入れ替わりに香がやって来た。

「よかった。お茶はまだみたいね。もう少し早く来ようと思ってたんだけど、出がけにお義母さまに捕まっちゃって」

「さっき八ツが鳴ったばかりじゃないの。涼太さんは来るとしても少し早いわ」

「お兄ちゃんなんかどうだっていいのよ。りっちゃん、今日はお茶屋のお茶をいただきましょうよ」

「お茶屋のお茶？」

「そうよ。早く支度して。ああ、先生はお兄ちゃんのお茶で我慢してくださいね」

追い立てられるように家に戻ると、香に言われて律はよそ行きの袷に着替える。

「香ちゃん、一体どこのお茶屋に行こうっていうの？」

「妻恋町にある、こい屋ってお茶屋よ」

「こい屋？」

「そうよ。近頃評判のお茶屋なんですって」

こい屋なら行ったことがある。

そう律が告げる前に、「ふふふ」と香は楽しげに続けた。

「こい屋のお茶を一杯、黙って念じながら飲み干すと、想いが通じるんですって」

「通じるって——？」

「愛しいお人によ」

それで律は合点がいった。

誰が言い出したのか知らないが、恋のまじないとあらば女たちが夢中になるのも無理はない。こい屋のあの鈴なりの女客は、恋の成就を願う者たちだったのだ。

しかしそんなところへ香が行きたがるとは――

「香ちゃんまさか、他に好いた人がいるの？」

「やめてよ、りっちゃん」

狼狽した律へ、香は頰を膨らませた。

「私は尚介さん命よ。でも噂もどうせ、妻恋稲荷にあやかってのことでしょ。あそこに祀《まつ》られているのは弟橘媛《おとたちばなひめ》。海神さまの怒りを鎮めるために――夫の命を救うために――自らの命を投げ出した妃だわ。私はね、私も弟橘媛に負けないくらい夫を想ってるって、尚介さんに知って欲しいのよ」

「ああびっくりした。それならいいのよ」

「それにね、こい屋の茶饅頭は柚子風味で、とっても美味しいんですって。こちらは慶ちゃんにお土産にしましょ」

「そうね。慶太も喜ぶわ……」

開け放した戸口からそよ風が舞い込む、清々しい日和《ひより》であった。

香に急かされ家を出ると、通りすがりに文机から顔を上げた今井と目が合った。

「行ってらっしゃい」

にっこり微笑んだ今井は、香とのやり取りを耳にしたに違いない。

長屋の木戸を出たところで涼太と鉢合わせした。

「出かけるのか？」

「そうよ。ちょっと、お茶をいただきに」と、香がすまして応える。

「お茶？　一体どこへ行くってんだ？」

「どこだっていいじゃないの。お兄ちゃんは先生とごゆっくり」

「おい、香——」

困惑顔の涼太を置いて、香はさっさと先を急ぐ。律はちょこんと頭を下げて、香に遅れぬよう足を速めた。

それにしても……

茶屋に同道する以上、律も茶を飲むことになる。こい屋の茶碗を手にしたら、己はきっと涼太を「想い」浮かべてしまうだろう。

莫迦莫迦しい。

おまじないなんて気休めよ……

思わず頭を振った律の耳元に、類の声がよみがえる。

——色恋や情愛ほど、絵師を育てるものはないからねぇ——

流行の恋のまじないよりも、類の言葉が気になる律であった。

第四章　春暁《しゆんぎよう》の仇討ち

一

入って来た途端、皿の上のおはぎを見て涼太は顔をしかめた。

「そんな顔をするな、涼太」

手招きながら、今井直之が苦笑する。

「彼岸会《ひがんえ》とはいえこれで五日目ですよ。おはぎは嫌いじゃないですが、こうも続けてとなると……お律、俺の分は慶太にやってくれよ」

「まあそう言うな。それにこいつはその慶太郎が作ったものなのだ」

今井が言うと、涼太は眉間の皺をといて草履を脱いだ。

「慶太が？」

「そうなんだ。なぁ、お律？」

「ええ。彼岸会のお供えはお佐久さんのおすそ分けで賄《まかな》ったんだけど、慶太郎が自分でも作ってみたいって、昨日小豆やら砂糖やらを自分で買って来たのよ」

作り方は数日前に、幼馴染みの市助の長屋で見て来たそうだ。一人でやると言い張ったから律は見守るだけにとどめたが、常から台所を手伝うこともある慶太郎は、思ったよりもずっと手際よくおはぎを作り上げて律を感心させた。

小豆や砂糖は律たちには高価で少ししか手に入れられなかったため、できあがったおはぎは小振りでたったの五つだ。内、二つを慶太郎が、一つを律が既に食べていた。

「無理にとは言わないけど……」

涼太が顔をしかめたのも判らないでもない。

指南所の師匠をしている今井は、彼岸会が始まってから毎日、筆子の親からおはぎのおすそ分けをもらって来ていた。今井が独り身なのはみんな知っているから、一つ二つと数は少ないのだが、指南所には三十人からの筆子が出入りしている。過分はおはぎを賄えぬ家の子供たちに分け与えるとしても、まるで味見をしないというのはどうも具合が悪いようである。よってこの五日、今井宅での茶菓子はおはぎ一色であった。

「慶太が作ったってんなら、食わねぇ訳にゃいかねぇや」

にっこりした涼太に「うむ」と今井も微笑んで同意する。

「ありがとうございます、先生。涼太さん」

涼太が淹れた茶を含んでから、今井が箸を取り上げた。

「どれ……」

同じように涼太もおはぎを一口、口に運ぶ。

「どうですか……？」

律が窺い見た二人の顔は芳《かんば》しくない。

「初めて作ったにしちゃ悪くない」と、今井。

「十でこれなら上出来だ」と、涼太。

手放しの賞賛がないのは承知の上だ。

「やっぱり今一つですよね。何が駄目なのかはっきり言ってください。慶太郎にもそう頼まれてますから」

「……駄目とは言わねぇが、あんこが甘ったるい。もちっと砂糖を減らしてもいいな」

「私はこれくらい甘い方が好きだね。だが、餡はもう少し柔らかい方がいい」

「それを言うなら、中の餅が柔過ぎますや」

「そうだな。餅は硬め、餡は柔らかめがよかろう」

二人が口々に言うのを、律は頭の中に書きとめた。

慶太郎は今年十歳になった。

十歳ともなれば奉公に出ている子供も珍しくない。慶太郎には上絵を継いで欲しいという気持ちがあるものの、この三月ほどでまだまだ半人前だと思い知らされた律だった。慶太郎の師匠になるどころか、己が腕のある師匠に師事したいくらいである。

当の慶太郎はといえば、今のところ今井の友人にて医者の春日恵明の雑用をこなすのに忙しく、上絵にはこれっぽっちも興味を示していない。その上、今井にはそれとなく「菓子職人になりたい」と相談しているようである。

私にはそんなこと、一言も言わないくせに——

言われたところで返答に困るだけなのだが、二人きりの姉弟なのに己には何も相談してくれぬのかと思うとなんとも寂しい。

「ごめんください、今井先生」

声で保次郎、口調で客と一緒なのだと知れた。

定廻り同心の広瀬保次郎は、見廻りのついでに今井宅で一服することを楽しみにしている。学問と茶を愛し、穏やかな日々を過ごしていた保次郎は、一年と少し前、兄の不慮の死によって定廻りの役目を継いだ。となれば、以前のように温厚な人柄丸出しでいる訳にもいかず、涼太の指南のもと、人前では定廻りの威厳を保つべく厳めしい顔と物言いを心がけているのである。

「ご苦労さまでございます」

今井がわざわざ自ら立って保次郎を招き入れる。律と涼太は神妙に頭を下げた。

「今日は、お律に頼みがあって来ました」

「似面絵《にづらえ》ですね」

「そうです。……しかし此度はお上の用ではありません」

「それでは――」

「この方の持っている似面絵を描き直して欲しいのです」

保次郎の後ろから入って来たのは、一人の侍であった。

名は多田源之助《ただげんのすけ》。まだ三十路《みそじ》前の若さで、折り目正しく一礼したものの、伸びた月代《さかやき》や髭、擦り切れた袴、痩《や》せた風体などから浪人ではないかと律は踏んだ。

「多田さんは福井から仇《かたき》を追っていらしたのです」

「仇討《あだう》ちですか」と、今井が目を見張った。

「免状をもらって五年になります」

多田の言う「免状」とは仇討ちの免状である。武士の仇討ちには主君から免状を受けねばならず、他国にわたって追う場合には奉行所への届出も必要であった。免状を持っているということは、多田には継ぐ家があり、浪人だと思った律の見立ては間違っていたことになる。

ただし、多田が家督を継ぐのは仇を討った後だ。徳川家も十二代目となり、幕府を始め諸国の大名も数々の財政難に見舞われていると聞いている。政《まつりごと》に疎い律には越前福井藩と言われてもぴんとこないが、多田の身なりからして、家なり藩なりから潤沢な援助を得ているとは思えなかった。

「五年も……」

つぶやくように律が言うと、多田は苦笑した。

「十年、二十年と費やしている方もおられます」

多田家は十両五人扶持の金奉行で、仇も似たような身分の息子だという。

「己の父親の代わりに、私の父が代官に抜擢《ばってき》されそうになったのを妬んだのです。息子を逃がしたこともあり相手方は取り潰されたと聞きましたが、私は父母の無念を晴らさずには帰れません」

出世前に夫を殺され、悲嘆に暮れた母親は弟に預けて出て来たという。

多田の取り出した似面絵はぼろぼろで、裏には何度も張り直した跡があった。多田が用意してきた安物の紙を見て、今井が文箱から雁皮紙《がんぴし》を取り出した。

「これをお納めください」

紙に触れた多田の瞳が微かに潤んだ。

「鳥の子紙ですか」

「ええ。越前のものです。先日いただいて、何を書こうか迷っていたところでした。これも何かのご縁でしょう」

雁皮紙は真珠のごとく滑らかで、厚みの割に柔軟性がある。多田の出身地である福井は雁皮紙の名産地で、通称「鳥の子紙」と呼ばれていた。

「お律、頼むよ」

「はい」

似面絵は何度も手がけているが、このような美しい紙に描くのは初めてだ。だが上絵師は雁皮紙の何十倍と高価な絹に描くこともある。物怖じせずに律は筆を取った。多田の持って来た紙を下描き用に使い、擦り切れて判りにくくなった造作を確かめる。

仇は多田と同じ年頃か、少し年下と思われる。

知らない仲でもあるまいに、人を妬んで殺すなんて……

角張った顔に太めの眉、目は細いが鼻筋は通っていて、美男ではないがけして悪人顔でもない。それゆえに更に薄ら寒いものを律は感じた。

下描きをじっくり見てから筆に墨を含ませた。

紙がいいから、面白いように線の強弱が出る。

夢中になってあっという間に描き上げると、多田がぽかんとして絵を見つめていた。

「どうです？　見事なものでしょう？」

やや自慢げに訊ねた保次郎に、多田は頷いた。

「実に見事だ。……あんなやつにはもったいない」

二人に淹れたての茶が載った盆を差し出しながら、涼太が言った。

「その絵がまっさらなうちに、仇が見つかることを祈っております」

「……かたじけない」

ささやかな義援として多田からの礼は固辞したが、一度は多田と出て行った保次郎がしばらくして戻って来て、律に懐紙に包んだ物を差し出した。

「いいんですよ、広瀬さん」

「いや、いつものようなものじゃない。真《まこと》に些少《さしょう》ですまないがどうか受け取ってくれ」

「でも……」

「多田さんは父上、私は兄上だが、理不尽に一家の要を奪われた。どうも他人事《ひとごと》には思えなくてね。場合によっては私だって仇持ちになっていたかもしれない。まあ私には仇を討ち取る度量も技量もありはしないが……」

私も、と言いかけて言葉を呑みこんだ。

武士と町人では立場が違うし、厳密には借家人の律は町人ですらない。昨今《さっこん》では町人や農民の仇討ちも聞かないではないが、彼らは武士のように「討たねば家督《かとく》を継げぬ」こともなかった。

「あ、いや、お律さんも同じであったな」

察した保次郎がぼんの窪に手をやった。

「だが、まあその、これは私の気持ちだから、どうか受け取って欲しいのだ」

「ではありがたくちょうだいいたします」

律が包みを受け取ると、保次郎は改めて今井宅を辞去した。

仇討ち、と聞いて、律は例の似面絵を思い出していた。

父親の伊三郎が、母親の美和が殺された直後に描いたと思われる似面絵があった。怪我を負った手で描かれたそれは、似面絵というにはあまりにも稚拙なものだったが、右の目元にほくろのある、うりざね顔のまだ若い——少なくとも皺の刻まれてない——男の顔が描かれていた。

美和が辻斬りに斬られて六年が経った。

伊三郎は昨年の秋口に、酔って川に落ちて死していたが、それも仇を探索中の出来事ではなかったかと、似面絵を見つけてから律は考えていた。

母親の亡骸《なきがら》を見た当初は、律も復讐心に燃えていたものだ。

辻斬りが捕えられ、相応の罰が与えられることを毎日強く望んでいた。

とはいえ、望んでいただけで、自ら行動を起こすようなことはなかった。「奉行所に任せろ」と伊三郎に言われたこともあるが、町娘に過ぎない己にできることなぞ知れている。

だからといって、辻斬りに対する憎しみが消えた訳ではなかった。

人の顔を覚えるのが得意で、届け物などで外出の多い涼太には、似面絵のことを明かしてあった。それはまさに「万が一」を願ってのことである。

十年、二十年と費やしている方もおられます——

つい先ほどの多田の言葉を思い出しながら、偶然を待つ以外に何か手立てがないものかと律は考え込んだ。今なら奉行所にも、保次郎というささやかなつてがあるではないか。

茶碗を片付けながら涼太が言った。

「お律。お前は妙なことを考えるなよ」

「妙なこと？」

「物騒なことさ。仇討ちやらなんやらはお武家のことだ。俺たち町のもんは、そういうのはお上に任しときゃあいいんだ」

「判ってますよ、そんなこと」

「ならいいんだ」

涼太は安堵の笑みを見せたが、律はひやりとした。

と同時に、今まで気付かなかった己の本心が見えた気がした。

ひやりとしたのは、心中を見透かされたと思ったからだ。

仇討ち――

似面絵に似た男を見かけたら教えて欲しいと、涼太には頼み込んである。似面絵の出来からして雲をつかむような話だが、それらしい男が見つかったら、その時は今井や保次郎に相談するつもりだった。男がお縄になれば、それが己の仇討ちとなると思っていた。

思っていた――筈なのだが――

――私だって、おっかさんとおとっつぁんの無念を晴らしたい。

もしもあの男が見つかったら……

私の目の前に現れたら……

その時己はどうするだろうと、律は改めて考え込んだ。

二

彼岸会が終わると辺りは一気に春めいてきた。

桜のつぼみが膨らみ始め、花見も近いと井戸端で佐久と話しているところへ、香がやって来た。

「お佐久さん、こんにちは」

「まあお香さん、いらっしゃい。……じゃ、りっちゃん、また後で」

そそくさと家に戻って行く佐久の背を、香は眉根を寄せて見送った。

土間で草履を脱ぎながら声をひそめて香が訊く。

「また縁談？」

「違うわ。お花見の話よ」

「お花見にかこつけて、糸屋に引き合わせようって魂胆よ」

「香ちゃんたら――」

呆れながらも、香の勘は当たっているような気がした。

師走のうちに佐久から、糸屋の次男に嫁がぬかと勧められていた。その後は互いに年末年始の雑事に追われてそれきりになっているものの、次に持ちかけられたらきっぱり断るつもりでいるし、年明けにそのことを打ち明けた香にもそう伝えてあった。

長屋では毎年、有志で花見に出かけている。先ほどの佐久は縁談については何も言っていなかったが、花見には例年以上に乗り気に見えた。

「その気はないんだから、言われたらちゃんと断るわ」

「まともに言えばりっちゃんが取り合わないのは、お佐久さんだって判ってるわよ。だからきっと何も言わずに連れてくるわ。お佐久さんはああ見えて策士《さくし》よ」

「策士って……でもだったら会った時に断るまでよ」

「本当ね？」

「本当よ」

念を押す香に苦笑したところへ、今井と涼太の声が聞こえてきた。

「先生」

脱いだばかりの草履を履いて香が先に表へ出る。

「お香か。いらっしゃい」

「来てたのか」と、今井の横で涼太がつぶやいた。

「お兄ちゃんこそ、一休みには早過ぎるんじゃない？」

香が言ったところで八ツを知らせる捨鐘が聞こえてきた。

「あら……じゃあ、お茶にしましょうか？」

「まったく調子がいいったらありゃしねぇ」

「私、桐山のお饅頭を買って来たのよ」

にっこり笑って、香は律の家に風呂敷包みを取りに戻った。

今井宅で涼太が湯を沸かす間に、香が風呂敷包みから菓子と丸めた何枚かの下描きを取り出した。

「香ちゃん、これは？」

「うちの前掛けを、りっちゃんに頼もうと思って」

「伏野屋の前掛けを？」

振り向いた涼太が問い返す。

「うん。尚介さんも乗り気だし、お義母《かあ》さまもいいって言ってくれたの。りっちゃんが描いてくれた牡丹のおかげよ」

年末に頼まれて、香の姑・峰の巾着用に牡丹の絵を描いていた。

「――なんだこりゃ？」

香が広げたいくつかの図案には伏野屋の名前と紋の他、鳥のような絵が描かれている。

「これは――」

「忍冬《にんどう》だね」

香が応える前に今井が言った。

「そう！　そうなんです。流石《さすが》、先生」

「流石、先生だ。餓鬼の落書きに慣れてらっしゃる」

「何よ、お兄ちゃんだって絵心はないくせに」

「吸葛《すいかずら》のことですね」

頰を膨らませた香をとどめるべく、律は間に入った。

「そうだ。花は金銀花《きんぎんか》、茎葉は忍冬として生薬《しょうやく》になっている」

「ええ」と、香が嬉しげに頷いた。「熱冷ましにもなるし、膿《う》みにも効くんです」

「ほう。薬種問屋のおかみだけあって、よく勉強しておるな」

「私だって、遊んでばかりじゃないんです」

「えらそうに。忍冬の効用くれぇ、俺だって知ってらぁ」と、涼太が鼻を鳴らした。

しかし律と香が同時に睨むと、慌てて付け足す。

「まあ、かの権現様も忍冬酒《にんどうしゅ》をご愛飲されてたそうだしな。薬種問屋の前掛けだ。香にしちゃあ、目の付けどころは悪くねぇ」

「でしょう？」

「だが、絵はお律に任せるんだな」

「判ってるわよ、そんなこと。これはただの下描きじゃない」

そう言って香は涼太をもう一睨みしたが、すぐに気を取り直して図案の横に、店で使われている前掛けを一枚広げた。

真ん中に紋、その下に「伏野屋」の文字が白く染め抜かれている。ありきたりだが、藍ではなく黒紅色の地色が薬種問屋にふさわしい格式をかもしだしていた。

「地色はこのまま黒紅にすんのか？」

「そのつもりだけど、どうして？」

「俺なら同じ黒でも黒茶にするな」

「なんでよ？　まさか『茶』の字が入ってるからじゃないでしょうね？」

「莫迦かおめぇは。黒茶の方が黒紅よりもあったけぇ気がするからさ。薬ってのは、病やら怪我やら、弱った時に求めるもんだ。前から思ってたんだが、伏野屋は問屋とはいえ、どうも堅苦しくていけねぇや」

「そうなのよ」

珍しく香が素直に頷いた。

「だから花の絵でも入れようかと思ったんだけど、りっちゃんはどう思う？　地色も変えた方がいいかしら？」

「うん。吸葛は白だから、黒茶の方がお客さんはほっとするんじゃないかしら」

「りっちゃんがそう言うなら黒茶にするわ」

言いだしっぺの涼太は肩をすくめたが、それ以上は口を挟まず茶を淹れた。

花を入れるなら地色も変えた方がいい。

同じ黒でも黒茶か赤墨。

前掛けをみてすぐに律もそう思った。

――涼太さんも、黒茶がいいって……

つい緩んだ口元をうつむくことで律は隠した。

伏野屋は番頭、手代、丁稚を含め総勢三十七名ということから、切りよく四十枚の注文となるらしい。着物ほど細かな絵柄ではないものの、四十枚となると律には大仕事だ。

店の名前と紋は右上に、忍冬の絵は左下に入れることにした。花の数も丁稚は二輪、手代は二輪でも一輪を黄色に、番頭は三輪で内一輪を黄色にしようということになった。

「ふふふ。これでお義母さまをぎゃふんと言わせてやるわ」

「香ちゃんたら……」

形ばかり呆れてみせたが、誰かに認められたいという気持ちは律にも判る。

――前掛けなんざ、駆け出しにもできる――

そんな類の声が聞こえてきそうであった。

商家の紋は武家に比べて単純な物が多く、伏野屋も例外ではない。確かに上絵だけなら図柄の大まかな前掛けは熟練した上絵師の仕事ではないだろう。

だが、それなら意匠に凝るまでだ、と律は思った。

凝るといっても、複雑にするのではない。簡素かつ心に残る意匠をもって、呉服屋・池見屋の女将である類の評を聞いてみたいものである。

「前掛けか……」と、涼太がつぶやいた。

「青陽堂もそろそろ新調したらどうだ？」と、今井。

「そうしたいのは山々なんですが……」

「手代の一存じゃ決められないことよね」

「うるせぇ」

「もう香ちゃんたら……」

年子だからか互いに遠慮のない兄妹だ。仲はけして悪くなく、二人の小競《こぜ》り合《あ》いは律には慣れっこである。律がつい、仲裁めいた口出しをしてしまうのも幼い頃からの習慣だ。

しかし心中は複雑だった。

青陽堂の前掛けは葉茶屋らしく璃寛茶《りかんちゃ》色で、左側に店の名と紋が入っただけの地味な物だ。染め抜きは染物屋に任せるが、紋絵と名入れは伊三郎がずっと請け負っていた。だがそれも伊三郎が利き手に怪我をするまでの話であって、この五年、青陽堂から前掛けを頼まれたことはない。

伊三郎の怪我が治るまでの二月ほどは流石に全ての注文が途絶えたが、そののちはそれまで通りに仕事を続けていた。ただし細かい仕上げは、上手く手が使えぬ伊三郎に代わって律が施していた。そのことは今井や涼太、香にさえ話してはいなかったものの、この三人に加え、保次郎や長屋の住人——そしておそらく青陽堂の女将・佐和も察していたようである。

少し腕が落ちた、と言いながらも得意先は仕事を回してくれたし、前掛けの仕上げくらい律の腕でも充分な筈であった。にもかかわらず、青陽堂からの注文がなくなったということは、佐和が己の腕を認めていないからだろう。

下手な情けはいらないが、前掛け程度の上絵も任せてもらえぬのかと思うと、職人として悔しい限りであった。

「新しい前掛けができたら一番に母さまに自慢してやるわ。母さまはああ見えて負けず嫌いだから、きっとうちのも新しくするって言い出す筈。そしたらりっちゃんの出番だわ」

「女将さんには女将さんの考えがあるから……」

峰の分の牡丹と一緒に、佐和には杜若《かきつばた》の絵を描いていた。二つとも巾着に仕立てたのは香で、どちらも歳暮として贈ったと聞いている。それとなく訊いたところ、佐和は礼を言ったのみで、絵や仕立てについては何も言わなかったようだ。

「そんな弱気じゃ困るわ。ねぇ、先生？」

「そうだな。青陽堂の前掛けはさておき、伏野屋の前掛けを手がけるなんてすごいじゃないか。伏野屋は銀座町の大店だ。道行く者たちが皆、お律の描いた前掛けを目にすることになるんだぞ。心してかかりなさい」

「——はい」

大人になっても今井を「先生」と慕う律には心強い言葉であった。

池見屋からは依然、小物の仕事しかもらっていない。父親が生きていた頃に手がけていたような華やかな着物の上絵や羽織の紋絵を任されるまでには、まだまだ修業が必要だ。

一つ一つ、やっていくしかない。

己に言い聞かせながら律は頷いた。

三

「母さま」

夕餉の席で涼太は佐和を見やった。

店では奉公人と同じく「女将さん」と呼んでいるが、夕餉《ゆうげ》は数少ない親子水入らずの時である。

「なんですか？」

「前掛けのことなんですが……」

「前掛け？」

「伏野屋では此度、前掛けを全て新調するそうで。下描きを見せてもらったんですが、忍冬の花が入った小粋なものでした」

「香ったら、またふらふら遊びに来ていたの？」

「ええ。でも今日はその、前掛けの相談に――」

「ということは、伏野屋は裏のお律さんに頼むのね？」

「そういうことです」

母親から律の名が出て涼太はついどきりとしたが、あからさまな動揺は見せない。もう十年も奉公人に交じって店で働いている涼太だった。仕事をまっとうしている自負があるし、跡取りの意地と度胸も備わっている。

佐和をまっすぐ見つめて涼太は続けた。

「うちのも古くなってきておりますし、この際、一新するのも悪くないかと」

「伏野屋さんに倣《なら》ってですか？　薬種に粋もへったくれもありませんよ。伏野屋の前掛け、老舗《しにせ》らしくて私は好きですけれどね。うちも同じです。ただし、あまりにも擦り切れたものはみっともないから、新しいのを注文しましょう。何枚要りようなのか調べておきなさい。暇を見繕って私が注文しておきます」

「しかし」

「涼太。お前が一人前になるまでは、私が店の主です」

「……はい」

有無を言わせぬ口調の佐和に、涼太は引き下がらざるを得なかった。

伊三郎が怪我をしてから、青陽堂の前掛けは日本橋の上絵師に仕上げを頼んでいた。日頃から「日本橋」と張り合っている涼太にしてみれば、わざわざ見栄をはって日本橋の職人に頼む佐和が恨めしい。

前掛けの上絵くらい、お律にはお茶の子さいさいだろうに……

だが、女将としても涼太は佐和を敬慕していたし、店についてまだまだ学ぶべきことがあるのは自覚している。

香が伏野屋の前掛けを新調することで、己を焚きつけているのはなんとなく察していたが、一手代の立場にある涼太にできることは限られていた。此度も好機を逃したように思えて、涼太は内心溜息をついた。

「涼太、どうだ一服？」

夕餉の後で、父親の清次郎が涼太を茶に誘った。

「いただきます」

茶人として名が通っている清次郎の茶室は三畳台目の小間で、家屋と土蔵の間にある。

両国の料亭・沢波《さわなみ》の次男として育った清次郎は、青陽堂の入り婿となるまで茶道を学んだことはなかった。青陽堂では佐和が店を仕切っているため、手出し口出し無用と言われたものの、実家では兄のもとで店の手伝いをしていた清次郎だった。おっとりとしていても怠け者ではない。

「先代から、『多少の道楽は目をつむる。娘の邪魔にならぬ程度に好きにしてくれ』と言われましてね。それなら道楽してやろうと思ったんですよ」

茶人となったきっかけを問われると、清次郎はにこやかにそう応える。

だが、道楽と言いつつ茶道を選んだのは、清次郎の佐和や店への愛情だろう。先代に言われた通り、商売には口も手も出さぬ清次郎だが、茶人として店には充分貢献していた。

茶室は涼太が二歳の時に清次郎が作らせたというが、贅を尽くしたものではない。過不足ない穏やかな茶室の佇まいは、父親の人となりそのものだ。

行燈《あんどん》と茶釜に火を入れ、清次郎と共に湯が沸くのを待った。涼太も茶の儀は一通り心得ているが、夕餉の後に清次郎が誘う「一服」は格式ばったものではなく、今日も清次郎が取り出したのは番茶だった。

「茎茶《くきちゃ》ですか」

「加賀ものだ。良い香りだろう？」

「ええ。茎も揃ってるが、焙《あぶ》り方がいい」

茶葉の良し悪しを判ずる涼太の五感は、清次郎によって鍛えられたといっていい。

匂いを嗅いだだけで、渋みの少ない澄んだ味が想像できた。

「加賀か……」

下りものがもてはやされる江戸では茶も例外ではなく、青陽堂の茶葉も京からのものが主で、あとは道中の伊勢や駿河のものである。江戸から加賀までまっすぐ行ければ京より近いが、山々が間にあるため、東海道や中山道を使っての回り道になってしまう。そうなると番茶でも値を上げざるを得ない。

——けど、それじゃあ町の者には手がでねぇ。

「ちょいと自分で焙ってみますよ」

「私もいろいろ試してみたが、なかなかこのように上手くいかなくてな」

「そうですか。父さまがやっても駄目となると、俺がやってもなぁ……」

男二人だと気楽なものである。ややくだけた口調になって涼太はぼやいた。

「餅は餅屋ということだな。お前は葉茶屋の主であって、茶園の主じゃないだろう」

「葉茶屋の主でもありませんがね」

「なぁに、そう遠い話じゃない。女将は潔い女だ。一旦店を譲ったら、お前に全てを任せるつもりさね。前掛けのことだって、お前が主になったら好きにすればいい」

夕餉の時に出た話を、父親なりに気に留めていてくれたらしい。

「あの女将さんが、そう簡単に店を譲ってくれるとは思えねぇんですがね」

「そりゃあ、お前が半人前のうちは駄目だ」

「半人前か……」

「まずは嫁取りでもしたらどうだ？　孫でもできりゃ、あれも喜んで隠居するだろう」

その嫁として律を迎えたいがためにも、早く店を継ぎたいのである。

「半人前じゃ、娶《めと》れる女も知れてます」

半ば拗ねて涼太が応えると、清次郎は破顔《はがん》した。

「ははは、お前も苦労するなぁ――」

「笑いごとじゃありません」

「尾上の娘さんはどうだ？」

「えっ？」

尾上は浅草の料亭で、綾乃という妙齢の娘が一人いる。

「近頃よく訪ねて行くそうじゃないか」

「月に二度、茶を納めに行くだけです」

「あちらからもよく足を運んでくださると店の者から聞いている。良縁じゃないかと兄貴も言っていた。店の釣り合いもいいし……」

浅草での一件以来、綾乃やその両親に好意を持たれているのは感じていた。綾乃は大店の娘だけあって身なりがよく、顔立ちも整っている。多少気が強く我儘なところも、若さと相まって綾乃の愛らしさを引き立てていた。

だが、涼太にとってはそれだけだった。

愛らしいだけの女を妻に欲しいとは思わないし、遊びだけなら花街で足りる。

「冗談じゃねぇや」

涼太がつぶやくと、清次郎は更に笑った。

「はは、あはは……そうか、冗談ではないか」

「俺はまだ、店のことで手が一杯で」

涼太が誤魔化すと、清次郎は大笑いは収めたものの、湯気の立ち始めた茶釜の向こうで微笑んだ。

「まあいい。好きでもない女と身を固めることはない。……それはそうと、裏のお律さんには縁談がきているそうじゃあないか」

「えっ？」

律の縁談については香から聞き及んでいたが、清次郎がそれを知っていることに驚いた。

「岩本町の井口屋《いぐちや》の次男らしいな。名は基二郎《もとじろう》だったか。香やお律さんと同い年で、兄のもとで職人として働いとるそうだ」

「職人というと……？」

「井口屋は糸屋だが、売るだけじゃなく、店でも染めている。次男は京の染物屋で修業したそうで染料に詳しい。ゆえに店では重宝されているのだが、女には少々奥手なようだ」

染物の職人で染料に詳しいとなると律の相手にはうってつけだ。

香のやつ、俺には何も――

それにお律は乗り気じゃなかった筈だが……

しかし、涼太は師走の半ばに香から話を聞いたきりである。

「……父さま、その話は香が？」

「香？　いや、先日、伊勢町の茶会に雪永《せつえい》さんが来ていてな。ほら、雪永さんは凝り性だから、着物も糸からあつらえることがあって、井口屋もよく知ってるそうだ。話のついでに次男坊に縁談があることや、その相手が青陽堂の裏に住む上絵師だと聞いて、私にお律さんのことを訊ねてきたのさ」

材木問屋の三男で雪永の雅号を持つ粋人のことは聞いたことがあったが、一職人の縁談に興味を持つほど世話好きだとは知らなかった。

岩本町、井口屋の基二郎……か。

「それで父さまはなんと？」

「二親を亡くしたのち、一回り離れた弟と慎ましく暮らしている。華やかさは今一つだが色白で楚々《そそ》とした女子《おなご》――にもかかわらず、芯は強く、神田職人の誇りを持ち、上絵師として日々切磋琢磨《せっさたくま》している……」

言いながら清次郎は沸いた湯を素早く茶瓶に注ぎ、じっと待った。

二つ並べた茶碗に、ゆったりと茶瓶を回しながら最後の一滴まで注ぎ切る。

茶葉の時よりもずっと香ばしい香りが茶室を満たした。

「……というようなことを言っておいたが、私の見立ては間違ってたか？」

茶碗を差し出した清次郎の口元には、変わらぬ微笑が湛えられている。

律への想いを見抜かれていると悟ったが、羞恥の念は沸かなかった。

……まったく、親父も侮《あなど》れねぇ。

父親の人柄は疑っていないが、茶事で町の顔役や武家からも声のかかる清次郎には、海千《うみせん》山千《やません》の者を前にして動じぬ世知《せち》と度量があった。また、家にいることは少ないのに、意外に店や近所の事情――律のことまでも――にも通じているようで涼太は舌を巻いた。

「いいえ。間違っておりません」

涼太が認めると清次郎は目を細めた。

「――さ、熱いうちに飲め」

「いただきます」

期待を裏切らぬ加賀茶の味に思わず涼太も口元を緩める。

ふと、己が父母の馴れ初《そ》めを知らぬことに涼太は気付いた。ありきたりに親類でも介して夫婦となったのだろうと思っていたが、そうだとはっきり聞いた覚えがないのである。

一瞬、問い質《ただ》したいと思ったが、今度は羞恥心が邪魔をした。

――問うてみたところで、はぐらかされて終わりだろう。

「旨いです」

野暮なことを訊く代わりに、短く応えて涼太は微笑んだ。

「そうだろう」

嬉しげに頷いて、清次郎はますます目を細めた。

四

長屋の住人との花見の翌日、仕事に精を出しているところへ涼太の声がした。

「お律、ちょっといいか？」

「はい……」

手を止めて、戸惑いながらも律は応えた。

うららかな陽気に、既に開けてあった引き戸から涼太の顔が覗いた。

「今日は先生は、日本橋の本屋さんに行ってるけど――」

「知ってるよ。おとといそう言ってたじゃねぇか」

ぶっきらぼうに応えて涼太があがりがまちに腰かける。

上がってくれとも、お茶でも一杯とも言いにくく、律はとりあえず筆を置いて立ち上がり、涼太の近くに座り直した。

「あのぅ」

「昨日、あの男を見つけたんだ」

「えっ？」

「あの――多田さんってお人の仇さ。番町の旗本屋敷にいた中間がそうじゃねぇかと」

「まあ」

一瞬、母親の仇が見つかったのかと期待したが違ったようだ。しかし、多田の仇でも数百万からの人が溢れる江戸で、人一人見つけるのは容易ではない。

「すごいわ。涼太さんには人探しの才があるみたいね。人の顔を覚えてるってだけじゃない。何か特別なつきがあるのよ。広瀬さん、また御用聞きにならないかって言ってくるんじゃないかしら」

「よせよ。悪人に出くわすつきなんざいらねぇや」

洒落《しゃれ》のめして涼太は笑ったが、律ははっとして口をつぐんだ。

昨年浅草で、涼太が取り押さえたお尋ね者は懐に匕首を忍ばせていた。その時は殴り合いで済んだものの、一つ間違えば刺されていてもおかしくはなかった。

「ごめんなさい」

考えなしだったと、律は素直に謝った。

身の丈が五尺八寸あり、仕入れから品出し、届け物と、朝から晩まで働いている涼太は見るからに頼もしい。

――けれど、お侍さんとは違う。

腕っぷしは強くとも、刀どころか匕首も身に着けておらず、武芸の心得もなかった。

「気にすんな。ただの軽口じゃねぇか。それにそんなへんてこなつきでも、世のため人のためにはなりそうだ」

笑った涼太につられた振りをした律だったが、内心は穏やかでなかった。

無用のいざこざで怪我なんぞして欲しくない。

ましてや、命を落とすようなことになったら――

「……多田さんにはお知らせしたの?」

「お武家のことだ。広瀬さんから伝えてもらうことになった」

「そう」

「間違ぇねぇってことになったら、立会人というか助太刀というか、そういうお人も手配されるそうだ」

「広瀬さんご自身じゃあないわよね?」

「まさか」と、涼太は苦笑した。「立会人はともかく、助太刀はとても……」

「そうよね。よかった。怪我でもされたら嫌だもの」

涼太は一瞬押し黙ったが、唐突に問うた。

「花見はどうだったんだ？」

「どうって……綺麗だった」

戸惑いながらも律は応えた。

「大川はちょうど花盛りで……あちこちからたくさん人が来てて、賑やかだったわ。お天気もよかったし。ああでも、甚太郎《じんたろう》さんが近くの人と喧嘩になったの。先生が仲裁に入って丸く収まったけど、一時はどうなることかと思ったわ。けれどその後はすっかり仲良くなっちゃって……帰る頃には呑み過ぎちゃって大変だったのよ。お勝さんは放っておけって言ったけど、そういう訳にもいかないでしょ」

甚太郎は二軒隣りに住んでいる下駄売りで、勝はその妻である。

「まあこの時節なら野宿でも平気だろう」

「お勝さんも同じこと言ってた」と、律は笑った。

「お律たちは……何ごともなかったのか？」

「私たち？　私も慶太郎も喧嘩なんかしないもの。でも先生が、恵明先生からの差し入れだとお団子を山ほど持って来てくださって、慶太郎と食べ過ぎちゃった」

「……花より団子か」

「慶太郎はね。私はお花も楽しみました」

「そうか。よかったな」

涼太は頷き、ちらりと表を気にしてから声を低めた。

「それはそうと……あの絵をもっかい見せてくれねぇか？」

「あの絵？」

「伊三郎さんが描いたやつだよ」

律ははっとしたが、すぐに立ち上がった。

例の似面絵は、慶太郎の目に触れぬよう、箪笥の一番上の引き出しの奥——律のよそ行きの着物の下——に隠してある。

律が取り出して広げた似面絵を、涼太はじっくりと見つめた。

「忘れねぇよう確かめておきてぇと思ってな。近頃は、届け物だけじゃなくて親父のお伴で出かけることもあるからよ。いつ、どこで出会うか判らねぇだろ？」

「ええ……」

「この顎んとこがなぁ……ほくろかどうか……」

うりざね顔の男の右目の上にはほくろがある。左顎の下にもほくろと思える点があるのだが、顎から首にかけて墨が散った跡があり、その点がほくろなのか描き損じなのか判じ難いのだ。

「伊三郎さんは、怪我が治ったのちにこいつを描き直してねぇのかな？」

「描き直して、お上に申し出てはいると思う。でもおとっつぁんはもともと、似面絵はあんまり得意じゃなかったから……」

「……おじさんは、鳥の絵が得意だったたな。鶯《うぐいす》やら駒鳥《こまどり》やら、時々、表で描きとめてるのを見かけたよ」

「うん。たまに羽織の裏に入れる人がいて、喜ばれたわ」

着物の上絵は圧倒的に花の絵が多いのだが、毬《まり》や鼓《つづみ》、独楽《こま》などの他、鳥や蝶の注文も稀にあった。

「そりゃ粋だ」

涼太は微笑み、奥に広げたままの仕事道具を見やった。

「邪魔しちまったな」

「ううん」

涼太が出て行くと律は少しほっとした。

花見のことを問われて、つい井口屋の基二郎を思い出したからだ。

甚太郎の喧嘩で大騒ぎになった後に、基二郎とその兄である荘一郎《そういちろう》が佐久に声をかけてきた。「通りすがりにお見かけして」と荘一郎が言ったのは嘘で、偶然を装った顔合わせに違いなかった。

基二郎は涼太よりは細身だが同じくらい上背《うわぜい》があった。顔立ちも悪くなく、内気というより寡黙《かもく》な職人といった態で、洗い残された手首の染料が微笑ましかった。饒舌《じようぜつ》な兄の横で基二郎はほとんど口を利かなかったが、律には染料の仕入れ先を訪ねた後、躊躇《ため》いがちに言った。

「染料ならうちにごまんとありやす。安くお譲りしますんで……よかったら一度見に来てくだせぇ」

差し上げる、と言わなかったのは佐久の入れ知恵だろう。ゆえに律も断りにくく、近いうちに井口屋を訪ねることを約束してしまった。

……でも染料を見に行くのであって、お嫁に行くとは一言も言ってないもの。

心の中で香に言い訳すると、律は出しっぱなしだった似面絵をたたんだ。

再び簞笥に隠そうと引き出しを開き——ふと手を止める。

忘れないためだと涼太さんは言ったけど、もしかしたら——

これに似た男を番町で見かけたのかもしれないと、律は勘ぐった。

うりざね顔で右目の上にほくろがあるというだけなら珍しくない。だが、左顎にもほくろのある男はそういないだろう。また、先ほど言ったように律は涼太の人探しの勘と運を信じている。

確証がないから言わなかったのだろうか。

でももしも――もしも、その男がおっかさんの仇だとしたら？
簞笥の前にしばし佇んでから、律は似面絵をもとの場所へ仕舞いこんだ。

五

七ツ半を過ぎた頃、佐久がやって来た。

「迷わないように、これを持っておゆき」

そう言って手渡したのは、井口屋への絵図である。

「染料を安く分けてくれるそうじゃないか。早いとこ訪ねて行ってごらん」

「はあ、その、近いうちに……」

「そんなこと言ってないで。花見からもう三日も経ったじゃないの」

律にとっては「まだ三日」だが、佐久には通じそうになかった。

「なんなら私が一緒に行ってあげようか？　明日は用事があるから、あさって一緒に行くってのはどうだい？」

「あの、一人で平気です。染料もゆっくり見てみたいですし」

当たり障りなく断ったところへ、今度は一人の男が訪ねて来た。

四十路《よそじ》前後のその男には見覚えがあったが、とっさには思い出せない。

「太吉《たきち》だよ、お律」

「ああ、太吉さん。これはどうも――」

太吉は律の母親・美和の従弟《いとこ》で、律は六年前に美和が亡くなった時に一度会ったきりだった。太吉の母親の豊《とよ》が美和の叔母にあたり、美和は王子に住む豊を訪ねて行った帰りに殺されたのである。

佐久と入れ替わりに上がりがまちに座ると、太吉が訊いた。

「伊三郎さんは出かけてんのかい？」

「あのぅ、それが……」

父親の死を母方の親類には知らせていなかった。勘当同然で伊三郎に嫁いだ美和だ。生前から親類との交流は無きに等しく、両親も美和よりずっと先に亡くなっている。美和の兄の喜一《きいち》は健在だが、伊三郎との仲は険悪で、美和の葬儀の後に縁切りを言い渡されていた。豊や太吉には葬儀で初めて会ったが、律は簡単な挨拶を交わしただけだった。王子に住んでいることは知っていても、どこにどう知らせたものか判らなかったのだ。

「そうだったのかい……ちょいとこっちに用事があったから、おふくろに頼まれてお美和さんに線香を上げようと寄ったんだが、伊三郎さんまで亡くなったたぁな……」

箪笥の上の二つの位牌に線香を上げると、太吉は律の淹れた茶に口をつけた。

「それじゃあ今は慶太郎と二人きりなのか？」

「ええ」

「暮らしはどうしてんだい？」

「私が上絵を」

律が言うと、太吉は改めて部屋の中を見渡した。

「お律がねぇ。お前もいい年頃だろう？　誰かもらってくれる人はいねぇのかい？　そうだ。うちの村にも若《わけ》ぇ独りもんが二、三いるから世話しようか？」

「いえ、その」

「まごまごしてっと、あっという間に行き遅れだ。悪いようにはしねぇから――」

「ご、ご心配なく。今ちょうど、ご近所さんからお話いただいてますし」

その気はないが、太吉の勢いを止めるために、律は基二郎のことを話した。

「糸屋さんか。そりゃあいい。慶太郎も一緒にってぇのも安心だ。なぁ、お律？」

「はあ、まあ」

確かにありがたい話ではあるのだけれど……

「おふくろも喜ぶだろう。祝言の日取りが決まったら、是非とも知らせてくれ。伊三郎さん方もご両親は亡くなってるんだろう？　お身内は、ええと、長男さんと次男さんか」

「はい」

「伊三郎さんちは草履屋だったたな。次男さんは小間物屋に婿に入ったとか？」

「そうです」

「どちらも大した儲けはないとおふくろが言ってたな。おふくろはお美和さんのことを実の娘のように想ってた。つまりお律はおふくろにとって孫娘のようなもんだ。支度なんかもうちでできるだけのことをしようじゃないか」

太吉は王子村《おうじむら》の南にある滝野川村《たきのがわむら》の組頭だという。名主、組頭、百姓代は村方三役と呼ばれ、土地によっては旗本よりも裕福だ。母方の親類のことをほとんど知らなかった律は、太吉が組頭だと聞いて少なからず驚いた。

と同時に、母親と一緒に豊を訪ねることを拒んだ父親の気持ちが、なんとなく想像できた。太吉の言葉からは父方の親類を侮《あなど》っていることが感ぜられる。伊三郎の長兄で律の叔父は両国で草履屋を営んでいるが、親から受け継いだその店は小さい。次兄が婿入りした小間物屋も似たようなもので、それぞれの一家を養うだけで精一杯だ。

「それにしてもなぁ……酔って川にはまるたぁなぁ……」

気を許したのか、あからさまに呆れた様子の太吉に、律は初めてむっとした。そんな律に気付いて、太吉は慌てて話を変えた。

「慶太郎も大きくなったことだろう。私は浅草の堅木屋《かたぎや》って宿に泊ってるんだが、あと三日ほどで帰る。一度、慶太郎と一緒に訪ねておいで。おふくろも喜ぶに違いない……」

――その夜、律は夢を見た。

刀を振り上げた男が追って来る。

逃げても逃げても埒《らち》が明かず、背後の月が落とす男の影が己の足元にちらつく。

息が切れてきた。

もう走れない――

諦めて振り返った途端、律は身体から弾き出され、外から己が――否、母親が男に斬られるのを見た。

袈裟懸《けさが》けに斬られた美和の目が、大きく見開かれる。

傷口から血が溢れだし、血溜まりが広がっていく。

男は美和を一瞥《いちべつ》し、刀に血振りをくれると、足音も立てずに走り去った……

息を呑んで目を覚ました律は、しばし闇の中で胸を押さえた。

健やかな慶太郎の寝息が耳に届いて、静かに、ゆっくりと息を吐く。

六年前、律が実際目にした美和の遺体は、既に座棺《ざかん》に納められていた。斬られた同夜に番屋に運ばれた遺体を役人が検《あらた》め、怪我の手当てを受けた伊三郎がそのまま番屋で通夜を過ごした。翌日、座棺で運ばれて来た遺体の目は当然閉じられていたが、父親に隠れて律は死に装束の襟元をめくり、母親に刻まれた刀傷を見ていた。

胸の傷にはさらしが巻かれていたが、肩の傷はそのままだった。

無論、流血は既になく、遺体には清拭《せいしき》が施されていた。だがそれゆえに色を失った傷痕は、より生々しく律の目に焼き付いた。埋葬後は幾度か悪夢をみたが、すぐに途絶えた。慶太郎はまだ小さかったし、伊三郎の怪我も心配だった。美和のいない生活に慣れるだけで精一杯だったのだ。

今になってまた、あんな夢を見るなんて——

昼間、太吉に会ったせいだろう。

そうは思うものの、なんらかの啓示かと思わぬこともない。

恐怖よりも、辻斬りへの怒りがよみがえってきた胸に、律は改めて手をやった。

六

翌日、朝のうちに伏野屋の丁稚《でっち》が、下染めされた四十枚の前掛けを持って来た。

早速下描きを始めた律だったが、昼過ぎに思い立って井口屋へ出かけることにした。

もちろん染料を見に行くのが目的だが、ぐずぐずしていると明日にでもまた佐久にせっつかれそうだからでもある。

井口屋のある岩本町は、相生町からそう遠くない。和泉橋を通って神田川を渡り、二町ほど南に下るだけだ。

絵図のおかげで、律は迷うことなく井口屋にたどりつけた。間口二間の表店で、町娘から職人風の男、遣いの小僧などでそこそこ賑わっている。店に出ていた基二郎の兄・荘一郎が律に気付き、にこやかに歩み寄って来た。

「これはお律さん、早速来てくだすったんですね。今、基二郎を呼びに……いや、私が案内しましょう。どうぞこちらへ」と、荘一郎は自ら店の奥へ律をいざなった。

店の裏には黙々と綛糸《かせいと》を繰る職人たちがいた。

梅幸茶《ばいこうちゃ》色、湊鼠《みなとねずみ》色、千草《ちぐさ》色と、青が多いのは、夏に備えてのことだろう。

「店ではあらゆる糸を置いていますが、うちだけの糸はここで染めてます。染物の方は基二郎に任せてあって、やつが作った染料も少なくありません」

奥で座り込んでいた基二郎が、顔を上げて振り向いた。

「お律さん」

立ち上がった基二郎の指には乾燥した茎がつままれていた。染料の材料を選別していたようである。

「仕事中、すみません」

「いえ」

「ごゆっくり」と、目を細めて荘一郎は店に戻って行った。

他の職人がよそ見もせずに無言だから、二人きりのように緊張する。

「あの、今日は黄色い染料を探しに……」

「黄色というと？」

「黄蘗《きはだ》……いいえ、淡黄があればと」

伏野屋の前掛けに吸葛を描くこと、丁稚は白い花だけだが、手代と番頭の分には黄色い花を添えることを基二郎に伝えた。地色が黒茶だからただの黄色では目立ち過ぎる。落ち着いた淡いものにしたかった。

「それなら——ちょっと待っててくんなせぇ」

そう言うと、律の返事も聞かぬ間に店の方へ早足で行ってしまう。ものの ひとときで戻って来た基二郎は引き出しを一つ手にしていた。店にあった見本をそのまま持って来たらしい。

「これは絹糸ですが、こういう色はどうでしょう？」

それは梔子《くちなし》色をずっと淡くしたような色だった。梔子色はそれと判らぬほどに赤みを含んだ黄色で、同じ黄色でも緑みを帯びた黄蘗色より暖かい色合いだ。

「そう！　そうです。こういう色を探していたんです」

つい手放しに喜ぶと、基二郎の目元が緩んだ。

「先日、あるお人に頼まれて作った色です」

「基二郎さんが作った染料なんですね。これは梔子ですか？」

「梔子と……後は秘密です」

今度ははっきり微笑んで、基二郎は頰を指で搔いた。

たすきで露わになった基二郎の肘から先には、染料の跡がいくつも付いている。元は無地だったろう前掛けもいろんな色が交じりあって、白い部分はほとんど残っていない。

その姿が仕事中の己と重なって、律もようやく緊張を解いて口元を緩めた。

律の視線に気付いたのか、基二郎は照れくさげに前掛けで改めて手を拭った。

「拭いても拭いてもきりがなくて――」

「私もです。前掛けもどんどん汚れていきますし」

「そうなんでさ」

少しくだけた口調になって基二郎が頷いた。

「お律さん。基二郎もちょっとこっちへ」

店の方から荘一郎が手招きした。

「お律さんに会いたいというお客さまがいらっしゃいましてね」

「私に？」

「雪永さんというお方なんだが……」

律はその名を知らなかったが、日本橋では有名な粋人らしい。

「先ほど見せた色も、雪永さんに頼まれたものなんで」

荘一郎の後について行きながら、基二郎が囁いて教えてくれた。

座敷で待っていた雪永は、なるほど、粋人と呼ばれるにふさわしい身なりをしている。着物は白黒の細い縞柄で帯は紫黒《しこく》色だ。涼やかな町人風ではあるが、織りの細かさや仕立ての良さが、そこらの着物とは全然違う。目を凝らすと、帯には市松模様が入っているのが判った。

年の頃は四十代半ばといったところだろうか。白髪は少なく、血色がいい。眉と目は細く、目尻に薄っすら浮かぶ笑い皺と片笑窪《えくぼ》が好印象だ。

荘一郎の紹介で挨拶を交わすと、改めて律を見やって雪永は目を細めた。

「基二郎と話しているところへ呼び出して、すまなかったね。噂のお律さんに一目会いたかったんだよ」

「噂の……？」

「そりゃ、女の職人さんは珍しいからねぇ。それも上絵師となると、私が知る限りではお律さんだけだ。伊三郎さんの娘さんなんだってね？」

興味本位で呼ばれたのかとがっかりしたものの、父親の名を出されて律は頷いた。

「父をご存知でしたか」

「昔――十年ほど前に女に贈った着物が、伊三郎さんの手による物だったよ。店先で求めた物だったから、伊三郎さんに会ったことはないけど、いい出来だった。女も気に入ってくれて、今でも時々着ているよ」

「ありがたいことです」

「伊三郎さんはお亡くなりになったそうだね。それでお律さんが跡を継いだと聞いてるけれど、弟さんもいるというし、女手一つじゃ何かと不便じゃないのかい？」

「ええ、まあ……でもなんとかやってます」

噂の、と雪永は言ったが、荘一郎が弟の縁談の相手として伝えただけではないかと律は勘ぐった。初対面だけに戸惑いがあるものの、雪永の人柄か年の功か、あれこれ問われても不愉快ではなかった。

「上野の花見でね、偶然知り合いに出会いましてねぇ」と、荘一郎が口を挟む。「その方から、同じ長屋に住む娘さんだと、お律さんをご紹介いただきまして」

「そりゃ奇遇ですな」

「ええ、まさに合縁奇縁《あいえんきえん》というやつで……」

わざとらしい……と、やや鼻白《はなじろ》んだ律だったが、傍らの基二郎が気まずそうな顔をしたのが可笑《おか》しくて、当たり障りない会釈で応えることができた。

「――花見といえば、飛鳥山《あすかやま》はまだ見頃と聞いてね。二、三日のうちに仲間と愛でて来ようじゃないかと話しているんだよ」

「それはようございますね」

「飛鳥山ですか」

相槌を打った荘一郎の後から律も言った。

「うん。あすこは広くて清々しい。そろそろ花見客も少なくなっているだろう。なんならお律さんも一緒に行くかね？」

「いいえ、私は仕事がありますから……その、母の従弟がちょうど王子から浅草に出て来てまして、飛鳥山の話も少し」

しどろもどろに断った律に、荘一郎が訊いた。

「お身内は両国にいるとお佐久さんから聞いてましたが、王子にも？」

「両国にいるのは父方の伯父たちで、王子にいるのは母方のです」

「ああ、あの辻」

「兄貴」

辻斬り、と言いかけた荘一郎を基二郎がさえぎった。

荘一郎は口をつぐんだが、気まずい沈黙が座に漂った。

「……私の母は、王子で亡くなったんです」

律が言うと、雪永が察したように小さく頷く。

「それはつらかったね。思い出させてしまって悪かった」

「いいえ。もう六年も前のことですから……」

と言いつつ、ふと、王子に行ってみようかと律は思った。

「母のことがあったので飛鳥山で花見をしたことはないのですが、神田から行くとどれくらいかかりましょうか？」

「そうだね。明神さまから飛鳥山の麓《ふもと》まで二里といったところだろう。お律さんなら一刻半もあれば充分だ。明神さまの前——湯島《ゆしま》二丁目を乾《いぬい》の方角へ行くだけさ。松平さまのお屋敷を過ぎたら右に行くが、それまではほぼ道なりだから迷うこともない」

「そうですか」

片道一刻半なら、芝の増上寺に行くのとさほど変わらない。朝一番で出れば、日帰りで滝野川村の豊と太吉の家を訪ねることもできそうだ。

普段、西は神田明神、北はせいぜい不忍池くらいまでしか行かないから、王子は随分遠くに律は感じていた。

もしくは知らず知らずに避けていたのかもしれない……

だが今は己の思いつきを、早くも実行したくなっていた。

太吉さんに聞けば判るだろうか？

王子に行って、おっかさんの死に場所で手を合わせて来よう——

雪永が辞去したのちに、持参した小壺に染料を分けてもらうと、律も早々に井口屋を後にした。

七

「姉ちゃんだけずるい」

「いいからあんたも早く食べちゃいなさい」

むくれる慶太郎をいなして、律は朝餉《あさげ》の味噌汁を飲み干した。

井口屋に行った翌日、太吉が言った浅草の宿・堅木屋を律は訪ねた。

母親の死に場所を問うた時は眉をひそめたが、律の王子行きを太吉は歓迎してくれた。

「帰りに一緒にと言いたいところだが、実は……」

此度は吉原目当てで仲間と出て来たのだと、ばつが悪そうに太吉は白状した。

帰る前夜は吉原泊りだというので、律は朝のうちに一人で出発し、飛鳥山で花見をしたのち、後から来る太吉と山の麓《ふもと》の茶屋で落ち合うことにした。

慶太郎は同行をねだってきたが、母親の死に場所を訪ねることは言っていない。その場を目の当たりにして己が平静でいられるかどうか自信がなかった。豊や太吉が疎遠だったことを理由に「まずは私が挨拶に」と言い張った。

「物見遊山《ものみゆさん》じゃないんだから」

「お花見に行くくせに」

「お花見はついでよ。大体、慶太郎は恵明先生のところへ、お手伝いに行く約束になってるじゃないの」

「そうだけど……つまんないの」

「いつまでもぶちぶち言わないの」

「ちぇっ」

「こら、慶太！」

形ばかり手を振り上げると、慶太郎が大げさに首をすくめてみせる。

身なりを整え、土産の干菓子を入れた風呂敷包みを手に、律は草履を履いた。

が、思い出して再び部屋へ上がると、仕事用の下描きと一緒に置いてあった両親の似面絵を手に取った。

以前、慶太郎と両親を思い出しながら描いたものだ。

「おっかさんの絵、持ってくの？」

「うん。お豊さんはおっかさんのことを、娘のように想ってくれてたというから……」

一瞬迷ったが、父親の似面絵も一緒くたに丸めて風呂敷包みに包み直す。

通りすがりに隣りの今井に声をかけた。

「先生、慶太郎のことお願いします。七ツ半には戻って来れると思いますけど――」

「一人でも平気だったら！」

慶太郎の抗議の声に苦笑しながら、今井が手を振った。

「気を付けて行っておいで」

神田明神までは見知った道だが、本郷に入り、法泉寺《ほうせんじ》辺りまで来るといつもと違う景色にどことなく落ち着かない。

期待と不安がないまぜになって律の足を急かした。

麓は少し散り始めていたが、飛鳥山の桜は満開だった。七日前の大川沿いほどではないが、そこここでござを敷き、花見をする者たちで賑わっている。

一人の律は、木々の合間をゆっくりと歩きながら、しばし花見を楽しんだ。

待ち合わせの茶屋で握り飯と茶を頼んで一息ついた。約束の九ツを四半刻ほど過ぎてから、太吉が姿を現した。太吉が前もって伝えていたのだろう。一緒だった二人の男たちは挨拶だけ交わすと、先に連れ立って行ってしまった。

「さ、私らも行こうか」

茶屋から太吉の家まで四半里と少しあるという。絵図に示されている道の他、畑の合間に農道がいく筋も通っており、先に行った二人の男も勝手知ったる様子で農道を歩いて行くのが見えた。

飛鳥山を回るように北へ向けて少し歩くと、王子村の南を通る道が見えてきた。

「お美和さんらが泊まった宿は更に四町ほど北へ行ったところにある。お美和さんは宿からこっちへ歩いて来て、この道を右に曲がった」

　南側からきた律たちは道を左に折れ、右手に川を見ながら三町ほど西へ歩いた。川が近付き、やや水音が大きくなったところの左側に小道があった。

「まっすぐ行っても滝野川村だが、うちは村でも南の方だ。お美和さんはここを折れて、もう一本南の道を通ってうちに来た。そしてその帰りに……」

　口ごもった太吉が小道を指差す。

　美和が襲われたのは、小道を折れてすぐのところだったという。小道の見通しはけして悪くはない。しかし川沿いには木々が茂っているし、畑の合間にぽつぽつとある民家も小道に背を向けている。

「お美和さんが嫁いでから、あまり会うことがなかったからね。おふくろが引き止めちまって……お美和さんがうちを出たのは六ツが鳴ってからだ。あの日は曇り空でね。お美和さんには慣れない田舎道だから、ちゃんと提灯《ちょうちん》を持たせたよ。伊三郎さんの話だと、離れたところからもちらちら提灯が見えたけど、お美和さんとは判らなかったそうだ。小道を曲がろうとした時に悲鳴が聞こえてお美和さんだと知った。駆けつけたら一太刀斬りつけられたと。後ろから他の者が来ていたのは幸いだった。やつらが大騒ぎしたから辻斬りは逃げてったんだ。さもなきゃ、伊三郎さんも殺されていただろう……この辺りだよ」

　太吉が立ち止まった場所で律も足を止めた。

なんの変哲もない道だ。

六年も前のことだ。流血の臭いも跡も残ってはいない。

それでも数日前の夢が思い出されて律は目を閉じた。

墓前で祈るように、この地で死した母親を想って手を合わせる。

一太刀でこと切れたといっても、人は死の一瞬に走馬灯《そうまとう》のごとくその一生を見るという。おっかさんもそうしてきっと、これまでのことを思い出したに違いない――

母親の無念を想って律は唇を噛んだ。

王子村の南には二本の道がほぼ平行して東西へ伸びている。比べると南側の方がやや広く先は板橋宿《いたばししゅく》にも通じているから、多くの者は初めから南側の道を通り、間の小道を使う者はあまりいないのだと太吉は言った。もとより滝野川村もその隣の西ヶ原村も農村で、日中は畑仕事をする者たちが表に出ているが、六ツを過ぎると出歩く者は滅多にない。

太吉の家は更に六町ほど歩いたところにあった。

屋敷というほど大きくはないが、茅葺き屋根に冠木門《かぶきもん》を備えた家は手入れが行き届いていた。大きくないというのも、周辺の家屋と比べてのことで、裏長屋の律の家とは比べものにならない広さである。

迎え出た豊は驚いたものの、律のことはすぐに判ったようだ。耳や手は伊三郎似の律だが、目元口元は美和に似ている。

「お律かい……まあ……大きくなって」

豊が言うには、律が四、五歳のころに一度会っているらしいが、律の記憶にはない。しかし母親の叔母だけに、豊の顔立ちはどことなく美和を思い出させた。

太吉が簡単にいきさつを説明し、縁側から座敷へ上がる。風呂敷包みを解いて手土産の干菓子は豊に差し出したが、似面絵は後にしようと包み直した。

太吉の妻は畑に出ているらしく、腰の曲がった豊が台所へ立ったのを見て、手伝うべく律も後を追った。律が湯を沸かす間に、豊が茶器を用意する。嬉しげに笑う豊が母親の顔と重なって見えた。

来てよかった――

太吉に茶を運びながらそう思ったのも束の間だった。

伊三郎の死を太吉が告げると、豊の顔が険しくなった。

「亡くなったとはねぇ……」

「お知らせしなくてすみませんでした。こちらの家の場所を私は知らなくて――」

「伊三郎さんはこっちを毛嫌いしてたからねぇ」

それはお互いさまではないかと思ったが、律は黙っていた。伊三郎には頑固なところがあったが、結婚を反対されなければ、礼を欠かない程度の親戚付き合いをした筈だ。

「酔って川に落ちたんだそうだ」と、太吉が言った。

「酔って？　酔っぱらって川にはまって亡くなったってのかい？」

「ええ、でも」

律が言い繕う前に、豊が鼻を鳴らした。

「なんとまあ」

「そんなに酔ってはいなかったって、父の友人は言ってました。きっと、いろいろ考えごとをしてたんだと思います」

「仲間の言うことなんか当てにならないよ。どうせまた飲んだくれてたんだろうよ」

「また？」

律が問うと、豊の代わりに太吉が応えた。

「お美和さんの四十九日の後、お律と慶太郎をこっちで引き取ろうかと、伊三郎さんちに行ったんだが、いやもう話にならなくてな。昼間っから酒臭い上に、ろくに話を聞かないうちから怒鳴《どな》るやら殴るやら……」

「顔に青痣《あおあざ》こさえて帰って来たんだよ」

「隣りの先生だかなんだかが間に入ってくれたんだけど、早々に退散したさ。こっちも腹が立ったからなぁ。それきり無沙汰しちまった。なんかあったらそっちから頼ってくるだろうと思ってたんだが、お律たちには何も言ってなかったんだな」

「ええ……でも親子三人、ちゃんと暮らしてきましたから……」

「でもお律、あんたはこうして二十歳過ぎても父親や弟の面倒を見てきたんだろう？　ちゃんとした親なら、とっくに娘を嫁入りさせてるさね」

「私は――」

「同じ長屋のおかみさんが、縁談を持って来てくだすったんだそうだ。岩本町の表店の次男だってよ。兄弟で店をやってるらしい」

「そりゃあいいね。岩本町なら川南で家からもそう遠くないし、伊三郎さんが亡くなったとなれば、喜一さんも助けになってくれるだろう」

豊の言う「家」とは、下白壁町にある豊の実家のことだ。豊の弟――美和の叔父――は左官だったが既に病死しており、美和の兄の喜一が叔父の跡を継いでいた。火事の多い江戸では大工や左官は実入りがいい。豊が実家を誇りに思うのは当然だが、伊三郎を軽んじ、縁切りまで申し渡した喜一を頼る気は律にはない。

「お美和もねぇ……喜一さんのつてで嫁いでりゃあねぇ……」

聞き捨てならないことを豊がつぶやく。

「そんなこと言わないでください」

「だって――大体、お美和が殺されたのだって、伊三郎さんが義理を欠いたからだよ。権現参りに王子まで来ておいて、こっちに顔も出さないなんて……妻を放ったらかしにして、自分は宿でのうのうとして……お美和があの男と一緒になりたいって言った時、私は止めたんだよ。伊三郎さんと一緒にならなかったら、お美和も死なずに済んだんだ」

「それは違います！　おっかさんが死んだのはおとっつぁんのせいじゃありません！」

声高に言った律に、豊は頭を振って更に続けた。

「お美和はまだ二十歳にもならない小娘だった。伊三郎さんは二つ年上だったっけ？　半人前のくせに、見栄っ張りで、言うことだけは一人前で――」

「おとっつぁんは」

美和と伊三郎の二人が――自分たち家族がどれだけ幸せだったか、伝えようにも上手く言葉にできなかった。

「おとっつぁんの悪口はよしてください！」

それだけ言うのが精一杯で、律は表へ飛び出した。

八

「年寄りの言うことさね……」

追って来た太吉はそういなしたが、腹立ちは収まらない。

「と、年寄りだって、言っていいことと悪いことがあります」

「気の強《つえ》ぇこった。これも伊三郎さんの血かね。そんなんじゃせっかくの縁談も――」

「余計なお世話です！　一人で帰れますからお構いなく」

「おい、お律」

「お邪魔しました」

憤然として頭を下げると、太吉もそれ以上追って来なかった。

来たばかりの道をずんずん戻る。

時間が許せば王子権現を参ろうと思っていたが、そんな気は失せた。母親の死に場所の小道を避けて、まっすぐ飛鳥山の方へ向かった。

駒込を過ぎた辺りで八ツの鐘が鳴った。

――慶太郎を連れて来なくてよかったわ。

しかしこのまま神田まで帰るのはなんだか癪《しゃく》で、律は一旦緩めた足を急かした。

牛込へ行こう――

父親の死に場所でも手を合わせから帰ろうと思い立ったのだ。

絵図を片手に道々人に訊ねながら、白山権現から伝通院《でんづういん》の方へ抜けた。江戸川が近くなると、少しだけ見知った景色が出て来た。牛込には昨年、今井と伊三郎の遺体を引き取るために来たことがある。

遺体が見つかった場所は江戸川の南側で、石切橋をやや東に行ったところだった。武家屋敷の裏で、昼間でもひっそりとしている。

律は泳げないが、伊三郎もそうだったのか律は知らない。だが江戸川は半町にも満たない幅の川だ。対岸も見えているし、酔っていたとはいえ、ここで溺れ死んだというのは不運としかいいようがない。

筵に横たわった青白い父親の遺体の記憶を、頭を振って追い出した。

生前の笑顔を思い出しながら手を合わせていると、足音が聞こえてきて律は顔を上げた。

「あ、やっぱりそうだ。お律さんだ」

手を上げて近付いて来たのは、伊三郎の友人の達吉だった。

「橋の上から姿が見えてね。こんなところに娘さんが一人でいるのは珍しいから、そうじゃないかと思ったんだが、橋からじゃ顔までは見えないからねぇ」

達吉は着物の仕立てを生業《なりわい》としている。呉服屋の三男で、伊三郎よりやや若く、人当たりがよく物腰も丁寧だった。伊三郎とは十年越しの付き合いで、二人で何枚か凝った着物を仕上げたことがあった。

律が王子でのことを話すと達吉は苦笑した。

「そりゃあお律さんは腹に据えかねたろうが……向こうさんもね、悔やんでるんじゃないかねぇ。その日、遅くまでお美和さんを引き止めたことなんかをさ」

「だからって――」

「まあまあ……ところで弟さんは元気かい？　そうだ。お土産に団子でも持ってお帰り」

にっこりとした達吉を見て、豊への怒りがほんの少しだが和らいだ。

団子はともかく、達吉から話が聞きたくて、律は達吉と町の方へ足を向けた。

「伊三《いさ》さんは酒豪じゃなかったが、徳利一本で酔うほど弱くもなかった。あの日は一本だけ飲んで、もう帰るって言われたけど、私と別れた時は足取りもしっかりしてた」

居酒屋での様子は昨秋に一度聞いている。

「おとっつぁんから呼び出しておいて——すみませんでした」

「いやいや、お律さんが謝ることじゃないさ。酒代は伊三さんが払ってくれたし、ああいうのは初めてじゃなかったからね。お美和さんが亡くなってから、いろいろ悩みもあったんだろう。ぐちぐちこぼす人じゃなかったからねぇ、伊三さんは。その代り、神田から牛込を散歩がてらに歩いて、気晴らししてたんじゃないかねぇ」

「おとっつぁんは、おっかさんを殺した辻斬りについて、何か言ってませんでしたか？」

律が訊くと、達吉は声を低めて応えた。

「浪人じゃなさそうだとは言ってたね。あまり大きな声では言えないことだから、そんな話をしたのは数えるほどだ。ああ、一度番町《ばんちょう》で似たようなお侍を見かけたらしくて——」

「番町で？」

「うん。探りに行くと言い出したから止めたんだ。商売でもないのに、町人が武家町をうろうろしてちゃあ怪しまれる。昨今は無礼討ちなんてとんと聞かないが、お侍には刃向わない方がいい」

「でも、お侍さんが辻斬りをしてるなら——」

しっ、と達吉は人差し指を口にやった。

「声が高いよ。それによしんばそうだとしても、私らが口にするもんじゃない」

「でも……」

「伊三さんにも私はそう言った。訴え出るとか仇討ちとか、考えない方がいい。もう十年近く前になるがね、牛込で許婚を手込めにされた男がいたんだよ。女はそれを苦にして自害しちまった。犯人は番町に住む若いお侍さ。残された男はしかるべきところへ訴え出たのだが、いつまで経っても何も沙汰がなくて、思い詰めて匕首でお侍に斬りつけた。だが相手は二本差しだ。逆に刀で斬られて死んじまった。男の両親と弟は罪には問われなかったものの、あちこちから締め付けられて江戸払い同様で越して行ったよ。男は相討ちでも本望だったかもしれないが、残された家族はたまったもんじゃあない……」

達吉の言い分は充分に理解できた。

が、伊三郎が見かけたという男が律はどうしても気になった。

辻斬りのことはそれきり聞かなかったと達吉は言うが、牛込から番町はそう遠くない。

——おとっつぁんが何度も牛込を訪ねたのは、気晴らしじゃなくて、おっかさんを殺したやつを探っていたからに違いない……

「お律さん、ここだ。ここらではこの茶屋の団子が一番旨いんだよ」

一軒の茶屋の前で足を止めて達吉が言った。

家族にも土産にすると、律の分も含めて二包み分を達吉が払った。

「ありがとうございます」

「なんの、これくらい。大したもてなしはできないが、また牛込に来たらうちにも顔を出しとくれ」

もう一度お礼を言いつつ頭を下げた律の耳に、かぼそい女の声が届いた。

「嫌ですよぅ、江戸を離れるなんて」

「お前の行きたがってた、京に一緒に行こうじゃないか」と、男の声も聞こえる。

茶屋から少し離れたところで、男女が立ち話をしていた。

何気なく二人を見やって、律は慌てて目を伏せた。

あの人はもしや、多田さんの——

「手形は俺が用意する。金もなんとかするからお前は案ずるな」

「そんなこと急に言われても」

「とにかく俺はこれから芝へ行く。芝湊町《しばみなとちょう》の『はまのや』って船宿にいるからな。二日待つ。それ以上は無理だ。お前が来ても来なくても、俺は京へ発つ」

「そんなお前さん……」

確かめようと、今一度律が窺うと、男と目が合った。

やっぱり似ている……

顔立ちだけでなく、背格好も多田が言っていた仇の男そのものである。

ぎろりと睨まれ、足のすくんだ律の背を達吉が押しやった。

「もうお帰り。早く帰らないと日が暮れちまうよ」

「ええ、早く帰らないと――」

もごもごと達吉に別れを告げて、律は足早に茶屋を後にした。

――長屋に戻ったのはじきに六ツが鳴ろうかという刻限だった。

木戸をくぐる前に、店先にいた涼太に呼び止められた。

「遅かったじゃねぇか」

「それどころじゃないわ」

牛込で見かけた男のことを話すと、涼太の顔がみるみる険しくなる。

「昼過ぎに広瀬さんが来て言ったんだ。俺の見かけた中間が、多田さんの仇で間違いねぇと。主に話をつけて屋敷を見張ると言ってたが――相手にばれちまったのかもしれねぇ」

「二日待つって言ってた。女の人が来ても来なくてもその後は京に行くって」

「芝湊町の『はまのや』だな。よし、俺はこれから八丁堀へ行って来る」

手代に提灯を持って来させると、あれよあれよという間に、涼太は暮れかけた道を駆けて行った。

九

多田は翌朝、芝の船宿・濱乃屋の前で仇討ちを果たした。

丸一日経って、律たちが今井宅で茶を飲んでいるところへ、「礼を言いたい」と多田が保次郎と一緒に顔を出した。

仇の名は内山正尚《うちやままさなお》で、番町の小林家に勤めていた。

越前から江戸に逃げて来て、身分を偽り、小山正尚と名乗って中間になったという。

「内山は多田さんを見て一度は逃げ出しましたが、私どもを見て観念したようです。打ち首になるよりはましだと思ったのでしょう。抜刀《ばっとう》しまして……なかなかの手練《てだれ》で、多田さんが返り討ちに遭うのではないかとはらはらしました」

多田は事前に助太刀を断っており、保次郎と朋輩、そして彼らの小者が立ち会っただけだった。

「どうやら朋輩が小林さまの屋敷に伺った際、内山に話を聞かれていたようで……いやはやお律がおとといい、牛込まで足を伸ばしてくれなかったらどうなっていたか」

保次郎が言うのへ、多田が頷く。

「江戸へ来てから私は本当に運がよかった。奉行所で広瀬さんに会い、ここで似面絵を描き直してもらった。そしたら一月と待たずに番町で若旦那が、牛込でお律さんがそれぞれ内山を見かけて――これぞ天の配剤《はいざい》でしょう。やつの悪事を天は見逃さなかったのです」

天の配剤。

そう思いたい多田の気持ちが律にはよく判る。

悪事を働いた者には相応の報いがあるべきだ。

あの日牛込に行ったこと、更に達吉と会ったことが、己にとっても天の配剤となることを律は祈った。

――おとっつぁんは番町で辻斬りを見かけていた。

ちらりと涼太を見やると、何を思ったか涼太は嬉しげに小さく頷いた。

「これでようやく帰れます……」

多田はそう言って微笑んだが、心《しん》から嬉しそうには見えなかった。

「仇とはいえ、人を殺めたことに変わりはありません。武士の嗜みと言われて剣を学んできましたが、今の太平の世にこのような形で人を斬ることになろうとは……覚悟はしておりましたが、後味のよいものではありません」

内山の中間としての働きは良いほうで、博打や花街で遊ぶこともなく、真面目に働いて小金を貯めていた。小林家では「まさかあの小山が」と驚きを隠せなかったそうである。

「人は判らぬものですね。父上を手にかけたのも若気の至り、一時の激情ゆえだったのかもしれません。内山はやつなりに悔いていたのか……」

「しかし内山は抜刀して手向かって来たのでしょう？」と、今井が問うた。

「お奉行所の方たちを見て、破れかぶれになったのやもしれません」

「……多田さんは、仇討ちを悔いておられるのですか？」

無礼だと知りつつ、律は口を挟まずにいられなかった。

多田は気にした様子もなく律を見やった。

「いいえ。悔いてはおりません。その代り喜びもないのです。いやその、国に戻れるのは喜ばしいことなのですが……」

頷きながら今井が言った。

「それは、多田さんがまっとうなお人であられる証ですよ」

「そうでしょうか」

「ええ」

今井の言葉に多田は少なからず安堵したようだった。

見送りと称して、多田と保次郎、そして店に戻る涼太の後に続いて律も外へ出た。

木戸の外で多田と保次郎が連れ立って歩いて行くのを、涼太と二人並んで見送る。

「じゃあ俺も」と、店の方へ足を踏み出した涼太の袖を律はとっさに引っ張った。

「待って」

涼太が目を見張ったのを見て、慌てて手を放す。

「訊きたいことがあるの」

「……なんでぇ？」

律に倣って涼太も木戸に身を寄せ、声をひそめた。

「涼太さん……番町で見たんでしょう？」

「見たって？」

「あの男よ。おとっつぁんが描いた似面絵の――」

「それは……」

迷った顔と声に律は確信した。

「教えてください。お願い」

涼太を見上げてまっすぐ言うと、一つ溜息をついてから涼太は口を開いた。

「お前の言う通りだ。多田さんの仇を見かけた日に、あれに似た男も見た」

「やっぱり……」

「小林家の近くを歩いていた二人連れの一人だ。だがな、こう言っちゃなんだが、あの手の顔は江戸にごまんといる。小林家の者じゃなさそうだったし、番町にはまた届け物で行くことがあるから、少しずつ探ろうと思ってたのさ」

「だったらそう言ってくれたらよかったのに」

「ちらりと見ただけなんだ。滅多なことは言えねぇさ。それに相手はお武家だぞ。疑うなら慎重にことを進めなきゃなんねぇ」

「そうね」

達吉の話を思い出しながら律は素直に頷いた。

ふいに井戸端の方から佐久と勝の笑い声が聞こえて、律は涼太から一歩離れた。

青陽堂の前でも客を見送る手代の姿が見える。

「この話はまた……」

「ああ、じゃあまた」

涼太と別れて長屋へ戻ると、「りっちゃん！」と、井戸端で佐久に呼び止められた。

どきりとした律に勝が言う。

「お侍さんの仇討ちに一役買ったんだってね。ちょいと話を聞かせておくれよ」

「ああ、はい。でもそんな大したことじゃ――」

涼太との内緒話は木戸の向こう側で、聞かれていないし見られてもいない。

二人に他意はないと知りつつも、どことなく冷や冷やしながら、問われるままに事の顚末を律は語った。

十

弥生《やよい》に入って五日目の昼下がり、太吉がひょっこり長屋に顔を出した。

「忘れ物を届けに来た」

そう言って手渡したのは、両親の似面絵が入った風呂敷包みである。

「中の絵を見たが、お律が描いたんだろう？　よく描けてるなぁ。あまりにも似てるんでおふくろが泣いちまったよ」

おどけた口調だったが、気まずそうな顔には詫びの意が見て取れた。

「おふくろから線香を預かってきてなぁ。仕事中すまんが、二人に上げさせてくれ」

「ありがとうございます」と、律は素直に頭を下げた。

神妙に手を合わせてから太吉が言った。

「先日はこっちも言い過ぎた」

こっちも、という言い方にはかちんときたが、あんな風に飛び出したのは大人げなかったと、律にも反省するところはある。

「お豊さんがおっかさんを大事に想ってくれていたのは、よく判りました」

「そうなんだ。お美和さんが小さい時に実家に引き取られてから、ちょくちょく実家を訪ねて母親代わりを務めていたというからねぇ。お美和さんの命日にゃあ今でも、もう少し早く帰してやってたら、いっそうちに泊めていたらって……そんな話ばかりさ」

　風呂敷包みを開けて、美和の似面絵だけを取り出して太吉に差し出した。

「よかったらこれ、お豊さんに……」

「いいのかい？」

「ええ。似面絵ならいくらでも描けますし、おっかさんの顔はけして忘れませんから」

「……気が向いたら、今度は慶太郎と遊びにおいで」

「はい。そのうちに」

　約束はできないが……と、ぼんやり思いつつ頷いた。

　太吉が辞去して再び一人になると、律は残された伊三郎の似面絵を手にした。

　美和が殺される前の、偽りの無い笑顔の伊三郎がそこにいた。

　先日、涼太と話してから律は思いあぐねていた。

　涼太だけならまだしも、実際に辻斬りの顔を見ている伊三郎まで、似た男を番町で見かけていたという。少し前までは雲をつかむような話だと思っていた「仇討ち」が、にわかに現実味を帯びてきたのだ。

　悔いてはいないが喜びもないと、仇討ちを果たした多田は言った。

　相手の死を望む気持ちはあっても、己が手にかけるとなると別なのだろう。

以前は万が一にも仇を見つけることができたら、まず今井や保次郎に相談するつもりだった。だが、このほんの十日ほどの出来事が律を迷わせ始めていた。

仇が浪人ではなく、仕官している侍だとしたら厄介だ。たとえ保次郎を通じて訴え出ても、相手にしてもらえないのではないかと律は恐れた。

それならいっそ、私の手で……

己の中に宿った熱に律自身が驚いていた。火がついたばかりの炭のように、ちろちろと消えそうで消えない怒りが胸の奥で燃え始めている。

多田が仇を討つまで五年もかかった。

五年――いや、十年二十年、もしくは一生を費やしても果たせない仇討ちがあるのは承知の上である。

でも、もしもおっかさんを殺したやつが見つかったら――

渦巻く様々な想いを胸に、父親の似面絵を律は見つめた。

ぱたぱたと足音が近付いてきて、戸口の向こうから香が呼んだ。

「りっちゃん」

「香ちゃん、いらっしゃい」

似面絵を伏せて律は応えたが、開いた引き戸から覗いた香の後ろに佐和の姿が見えて慌てて立ち上がる。

「女将さん――」

「お律さん、仕事中すみませんね。お邪魔しますよ」

「はい。あの、今お茶を」

「すぐお暇しますからお茶は結構です」

何ごとかと香を見やると、香は小さく肩をすくめた。が、その顔からして悪い話ではなさそうだ。

「それは……伏野屋のですか？」

草履を脱いで上がった佐和が、部屋の奥を見やって訊ねる。

「そうよ。見事な出来栄えでしょう」

律より先に香が応えた。

「見せてくださいますか？」

「はい……」

既にでき上がっていた手代用の前掛けを差し出した。

香が嬉しげに横から花を指差す。

「丁稚が一輪、手代は二輪で内一輪を黄色に。これは手代の分よ。花の形もはっきりしていて私の描いたものとは大違い。流石りっちゃん。黄色も柔らかい色で……」

「香、あなたは少し黙っていなさい」

ぴしゃりと言われて香はつぐんだ口を尖らせた。

「もう一枚見せてください」

同じ前掛けを並べて、佐和はじっくりと二枚を比べた。

一点物の着物ではない。同じ店で働く者たちが揃って身に着ける前掛けだ。身分による意匠の違いはあれど、同じ意匠の前掛けは過不足なく同じものでなければならない。

一枚一枚、丁寧に意匠を写し取り、染料の混ぜ具合も揃えた。手を抜いていないことは己が一番よく知っているものの、佐和の次の一言を聞くまでが律にはひどく長かった。

「良いですね。とても良い出来です」

「ありがとうございます」

「伊三郎さんが亡くなってから、随分精進されたようね。伏野屋の注文は四十枚と聞きました。しばらく忙しいでしょうが、手が空いたらうちの分を十枚お願いできますか？」

「あ……はい！」

慌てて下げた頭を上げると、佐和の斜め後ろで微笑んだ香と目が合った。

「うちのは代わり映えしないものですが、よろしくお願いしますよ」

「はい、それはもう……」

もう一度、青陽堂の前掛けを任せてもらえる——

喜びに一瞬、先ほどまでの暗然とした想いを律は忘れた。

「それはそうとお律さん。弟さんは今年十になりましたね？」

「ええ」

「近頃は、上野のお医者さまのところへお手伝いに出入りしているとか……上絵の修業はしないのですか？」

「慶太郎は……そのぅ、まだ上絵は――」

「しかし早く仕事を覚えてもらわねば、お律さんもおちおち嫁げずに困るでしょう」

律は面食らった。

このようなことを佐和から言われるとは思わなかったのだ。

「その、今はまだ」

「ゆくゆくは、伊三郎さんの跡は慶太郎さんが継ぐのではないのですか？」

「それはなんとも……そうなっても私は上絵を続けていくつもりですし……」

「慶太郎さんが一人前になってもですか？」

「ええ」

「お嫁に行ってもですか？」

佐和の後ろで香が小さく首を振るのが見えたが、律は迷わず頷いた。

「はい。慶太郎が一人前になっても、私は上絵を辞めません。もっと上手くなって、父のような上絵師になりたいんです。ですから……私はどこにも嫁ぎません」

井口屋にも——青陽堂にも。

佐和が律をまっすぐ見つめた。口元に微かに浮かんだ笑みは嘲笑ではなかったが、賞賛でないことも確かだった。

「……それは潔いこと。何ごとも生半《なまなか》な覚悟では上手くいきませんからね」

辞去した佐和の足音が充分遠ざかってから、香が言った。

「りっちゃんたら！」

「何よ」

「どうしてあんなことを言ったの？」

「あんなこと？」

「上絵を続けるとか、お嫁に行かないとか……」

「香ちゃんには前に話したでしょう」

「嘘も方便っていうじゃない！　母さまだって日がな一日店を手伝えとは言わないわ。お兄ちゃんはきっと、りっちゃんの好きにしろって言う。でもあんな風に言ったら、母さまはもう二人のことを許しちゃくれないわ——」

——香ちゃんはやっぱり、私の気持ちに気付いてたんだ。

「いいのよ、香ちゃん」

できるだけ穏やかに声をかけたが、香は頭を振って目を潤ませた。

「何がいいの？　りっちゃんは――りっちゃんが好きなのはお兄ちゃんじゃないの？　お兄ちゃんだって……私はずっと二人が一緒になるって……」

滅多なことで人に涙を見せぬ香だった。こんなにも香が己のことを気遣ってくれていたのかと思うとそれだけでありがたく、律はそっと香の肩に手をかけた。

「香ちゃん、落ち着いて。――私もね、そんなことを考えた時があったわ」

律の差し出した手ぬぐいを、香は唇を嚙みながら受け取った。

「でもそれは大昔、私が慶太郎くらいだった年頃のことだわ。小さい頃からずっと一緒だったから、私の初恋の君は間違いなく涼太さんよ」

「だからお兄ちゃんと……」

「今は違うのよ」と、香を遮って律は言った。「涼太さんは好きだけど、一緒になりたいと思うような好きではないの」

「嘘！　りっちゃんの嘘つき！」

子供のように香がむくれる。

「嘘じゃないわ。涼太さんのことは頼りにしてる。先生や又兵衛さん、広瀬さんと同じように……香ちゃんのお兄さんとしても青陽堂の若旦那としても、私にとって大切な人だということに変わりはないの。でもそれはご近所さんとしてであって、私と涼太さんが夫婦《めおと》になることはないわ」

「どうしてそんな――」

どうしてって……

――仇討ちを迷っているうちは、お嫁になんかいけやしない。

達吉が言った通り、武士のそれとは違い、己の仇討ちは罪になり家人に累《るい》が及ぶに違いない。となると、誰かと夫婦になるなぞ以ての外だ。

今にも泣き出しそうな香には悪いが、これぱかりは打ち明けられなかった。

「先ほど女将さんも仰ってたでしょう？　生半な覚悟では一人前の職人にはなれっこないわ。女なら尚更よ。男の人の二倍も三倍も励まなきゃ、いつまで経っても半人前のままなのよ。私はおとっつぁんのように……ううん、おとっつぁん以上の上絵師になって江戸で名を上げたいの」

「嘘……」

尻すぼみにつぶやいて、香は恨めしげに律を見た。

「もう、香ちゃんたら！」

呆れてみせたものの、香には申し訳ない気持ちで一杯だ。

親友なればこそ、己の迷いを香は感じ取っているのだろう。

しかし一人前の上絵師になりたいという気持ちは本心だ。

また仇討ちはともかく、涼太はとっくに諦めた恋である。

今更思い悩むことではないと、律は己を叱咤した。

「それに、涼太さんには綾乃さんがいるじゃないの」

佐和がいきなりあんなことを問うたのも、綾乃のことが念頭にあったから――己が涼太の良縁を阻むことのないようにという配慮だったのではなかろうか。

「綾乃さん？　誰よそれ？」

「浅草の料亭、尾上の娘さんよ。ほら、涼太さんが浅草で捕まえた人が、口封じに殺そうかともくろんでいた……」

「ああ、命の恩人だのなんだのと、お兄ちゃんを持ち上げてた人ね。でもその人が一体どうしたっていうの？」

「綾乃さんはよくお店にいらしてるし、涼太さんも満更でもなさそうで……」

「聞いてないわ！」

「ちょっと香ちゃん、声が高い……」

「冗談じゃないわ！　私、そんなの一つも聞いちゃいない……ひどいわ、りっちゃん。どうして今まで教えてくれなかったの……！」

更に涙ぐむ香に律が慌てたところへ、井戸端のおかみたちに挨拶する今井の声が聞こえた。

手ぬぐいで目元を押さえてばつの悪さを誤魔化すと、香はすっくと立ち上がった。

「先生に言いつけてやる！」

飛び出して行った香を追いながら、律は己に言い聞かせる。

「香ちゃん、待って」

今日明日のことじゃない。

相手が見つからねば、仇討ちもへったくれもないのだ。

今はまず、一人前の上絵師になること——

「おや、お香。来てたのかい?」

「先生聞いて。りっちゃんたらひどいのよ……」

まだ高い太陽が庇《ひさし》の影をくっきりと地面に落としている。

戸口で律は目を細め、青さを増した空を仰いだ。

「ｗｅｂ光文社文庫」　九月〜十一月連載の原稿に大幅加筆

光文社文庫

文庫書下ろし&オリジナル

落《お》ちぬ椿《つばき》　上絵師《うわえし》 律《りつ》の似面絵帖《にづらえちょう》

著者　知野《ちの》みさき

2016年7月20日　初版1刷発行

発行者　鈴木広和

印刷　萩原印刷

製本　ナショナル製本

発行所　株式会社　光文社

〒112-8011　東京都文京区音羽1-16-6

電話 (03)5395-8149　編集部

8116　書籍販売部

8125　業務部

ISBN978-4-334-77328-1　Printed in Japan

組版　萩原印刷

お願い　光文社文庫をお読みになって、いかがでございましたか。「読後の感想」を編集部あてに、ぜひお送りください。

このほか光文社文庫では、どんな本をお読みになりましたか。これから、どういう本をご希望ですか。どの本も、誤植がないようつとめていますが、もしお気づきの点がございましたら、お教えください。ご職業、ご年齢などもお書きそえいただければ幸いです。当社の規定により本来の目的以外に使用せず、大切に扱わせていただきます。

光文社文庫編集部

光文社時代小説文庫　好評既刊

弥勒の月　あさのあつこ
夜叉桜　あさのあつこ
木練柿　あさのあつこ
東雲の途　あさのあつこ
ちゃらぽこ　真っ暗町の妖怪長屋　朝松　健
ちゃらぽこ　仇討ち妖怪皿屋敷　朝松　健
ちゃらぽこ　長屋の神さわぎ　朝松　健
ちゃらぽこ　フクロムジナ神出鬼没　朝松　健
うろんもの　朝松　健
包丁浪人　芦川淳一
卵とじの縁　芦川淳一
仇討献立　芦川淳一
淡雪の小舟　芦川淳一
うだつ屋智右衛門　縁起帳　井川香四郎
恋知らず　井川香四郎
くらがり同心裁許帳　精選版　井川香四郎
縁切り橋　井川香四郎

夫婦日和　井川香四郎
見返り峠　井川香四郎
花の御殿　井川香四郎
彩り河　井川香四郎
ぼやき地蔵　井川香四郎
裏始末御免　井川香四郎
おっとり聖四郎事件控　井川香四郎
情けの露　井川香四郎
あやめ咲く　井川香四郎
幻海　The Legend of Ocean　伊東　潤
城を噛ませた男　伊東　潤
巨鯨の海　伊東　潤
裏店とんぼ　稲葉　稔
糸切れ凧　稲葉　稔
うろこ雲　稲葉　稔
うらぶれ侍　稲葉　稔
兄妹氷雨　稲葉　稔

光文社時代小説文庫　好評既刊

迷い鳥　稲葉稔
おしどり夫婦　稲葉稔
恋わずらい　稲葉稔
江戸橋慕情　稲葉稔
親子の絆　稲葉稔
濡れぎぬ　稲葉稔
こおろぎ橋　稲葉稔
父の形見　稲葉稔
縁むすび　稲葉稔
故郷がえり　稲葉稔
剣客船頭　稲葉稔
天神橋心中　稲葉稔
思川契り　稲葉稔
妻恋河岸　稲葉稔
深川思恋　稲葉稔
洲崎雪舞　稲葉稔
決闘柳橋　稲葉稔

本所騒乱　稲葉稔
紅川疾走　稲葉稔
浜町堀異変　稲葉稔
死闘向島　稲葉稔
どんど橋　稲葉稔
みれん堀　稲葉稔
別れの川　稲葉稔
戯作者銘々伝　井上ひさし
馬喰八十八伝　井上ひさし
おくうたま　岩井三四二
光秀曜変　岩井三四二
甘露梅　宇江佐真理
ひょうたん　宇江佐真理
彼岸花　宇江佐真理
夜鳴きめし屋　宇江佐真理
破斬　上田秀人
熾火　上田秀人

光文社時代小説文庫　好評既刊

秋霜の撃　上田秀人
相剋の渦　上田秀人
地の業火　上田秀人
暁光の断　上田秀人
遺恨の譜　上田秀人
流転の果て　上田秀人
神君の遺品　上田秀人
錯綜の系譜　上田秀人
女の陥穽　上田秀人
化粧の裏　上田秀人
小袖の陰　上田秀人
鏡の欠片　上田秀人
血の扇　上田秀人
茶会の乱　上田秀人
操の護り　上田秀人
柳眉の角　上田秀人
典雅の闇　上田秀人

幻影の天守閣　新装版　上田秀人
夢幻の天守閣　上田秀人
応仁秘譚抄　岡田秀文
半七捕物帳　新装版　全六巻　岡本綺堂
影を踏まれた女　新装版　岡本綺堂
白髪鬼　新装版　岡本綺堂
鷲　新装版　岡本綺堂
中国怪奇小説集　新装版　岡本綺堂
鎧櫃の血　新装版　岡本綺堂
江戸情話集　新装版　岡本綺堂
蜘蛛の夢　新装版　岡本綺堂
女魔術師　岡本綺堂
しぐれ茶漬　柏田道夫
刺客が来る道　風野真知雄
女賞金稼ぎ紅雀　血風篇　片倉出雲
女賞金稼ぎ紅雀　閃刃篇　片倉出雲
両国の神隠し　喜安幸夫